JE ME SOUVIENS, REBECCA

À mes parents et tous ceux qui, sur le Plateau ou ailleurs,
se souviennent encore.

Mes remerciements à Gérard Bollon, historien, pour son aide et son désir de garder la mémoire vivante.

Couverture : photo © Trevillion/ © Clayton Bastiani ;
conception : Frédérique Deviller.
Correction : Anne-Sophie de Monsabert et Agnès Scicluna.

Loi n° 49-956 du 16 juillet 1949
sur les publications destinées à la jeunesse
ISBN 978-2-09-253228-7

N° éditeur : 10182528 – Dépôt légal : novembre 2011
Imprimé en France par Hérissey/Qualibris à Évreux (Eure) - N° 117626

JE ME SOUVIENS, REBECCA

Nathalie Somers

Nathan

PROLOGUE

Le vent frais qui agitait la cime des arbres devait donner le tournis au coq métallique du clocher de l'église. Tout en fermant un bouton de sa veste, André Durand se dit que cette matinée de juin n'avait rien d'estival. Cela ne le surprenait guère cependant. Pour un natif du Chambon-sur-Lignon comme lui, le climat du Plateau n'était plus un mystère. Il savait depuis longtemps qu'il ne fallait jamais se fier au calendrier pour choisir sa tenue vestimentaire. « En avril, ne te découvre pas d'un fil. En mai, fais ce qui te plaît. » Eh bien, non ! Par ici, même en mai il ne vous était pas permis de faire ce qui vous plaisait ! Pas plus d'ailleurs en juin, juillet ou août, car la météo était capricieuse, et la nature avait toujours le dernier mot.

Tout en continuant lentement son chemin, André se moqua de lui-même. À soixante-dix-sept ans, il se connaissait assez pour savoir que si, ce matin, il s'intéressait autant au climat de la région, c'était surtout pour s'empêcher de penser à la journée qui s'annonçait.

À cet aveu, son cœur accéléra ses battements. Eh voilà ! Ça recommençait. Un peu fâché de ne pouvoir mieux contrôler ses émotions à son âge, il s'arrêta pour reprendre son souffle. Devant lui, à quelques dizaines de mètres de la petite église catholique au sommet de laquelle le coq tournoyait toujours, se dressait un bâtiment dépourvu de fioritures. Le temple protestant. Le temple de sa jeunesse. Son temple.

Ses pierres de taille dorées rayonnaient dans la lumière matinale. Suspendue à une poutre de chêne, une cloche oscillait doucement. Sur le fronton, inscrite en lettres sombres, une phrase défiait les cœurs égoïstes : « Aimez-vous les uns les autres ».

Juste en dessous, une porte en bois, fermée pour l'heure, offrait une touche de couleur rousse au bâtiment.

Sobre, solide, modeste. Le temple était à l'image de ses paroissiens.

Comme toujours, André se sentit apaisé par cette vision. Même si ces pierres n'étaient que des pierres, ce qu'elles avaient vu, entendu et abrité leur donnait ce pouvoir-là.

Il jeta un coup d'œil à sa montre : sept heures. Il était tôt, trop tôt encore pour que des techniciens s'affairent aux derniers préparatifs de la cérémonie. C'était très bien ainsi. André avait voulu venir une dernière fois avant que l'agitation ne prenne le pas sur ses souvenirs.

Il poussa un soupir et descendit la volée de marches qui menait à la cour ombragée du temple. Comme d'habitude dès qu'il se remettait en mouvement, son genou le fit souffrir. Réprimant une grimace, il se fraya un chemin en boitillant à travers les tréteaux et les câbles électriques qui envahissaient déjà le parvis. Avisant un banc de bois et de pierre, il s'y laissa tomber avec précaution et étira sa jambe devant lui.

Sous la broussaille de ses sourcils blancs, ses yeux noirs se fixèrent sur le mur de l'ancien foyer de ski de fond, juste en face du temple. À l'époque, il s'en souvenait, c'était une boulangerie. Mais à l'époque, bien sûr, il n'y avait pas de plaque.

Cela ne faisait que vingt-cinq ans qu'elle était là.

« Que vingt-cinq ans ! » Cette pensée le fit sourire : il devenait tellement vieux que pour lui un quart de siècle ne représentait plus grand-chose. Pourtant, au cours de toutes ces années, il en avait passé, du temps, à contempler cette plaque, depuis ce banc, à l'ombre des sycomores ! Au point de pouvoir maintenant la citer par cœur.

À l'exception de la première ligne. D'ailleurs, même après tout ce temps, l'homme simple qu'il était avait encore du mal à croire que certaines personnes puissent déchiffrer ces caractères étranges.

Heureusement, la deuxième ligne offrait la traduction en français de la citation écrite en hébreux :

« Le souvenir du juste restera pour toujours », Psaume 112, verset 6.

André ferma les yeux, et la suite du texte défila dans sa tête.

« Hommage à la communauté protestante de cette terre cévenole, et à tous ceux, entraînés par son exemple, croyants de toutes confessions et non-croyants, qui, pendant la guerre 1939-1945, faisant bloc contre les crimes nazis ont, au péril de leur vie, sous l'Occupation, caché, protégé, sauvé par milliers tous les persécutés. »

C'était signé :

« Les Juifs réfugiés au Chambon-sur-Lignon et dans les communes avoisinantes. »

CHAPITRE I

– Pousse-toi un peu ! Je ne vois rien !

Un frémissement parcourut les buissons.

– Ben mon vieux, t'avais qu'à arriver le premier ! rétorqua une voix aux inflexions étranges.

Passant des aigus aux graves sans transition, elle présentait toutes les caractéristiques d'un organe vocal en train de muer.

Les branches s'agitèrent encore une fois, et un deuxième visage, illuminé par deux yeux bleus et une chevelure blonde, apparut entre les feuillages.

– Ça y est ! Je la vois ! Mince alors, elle a déjà dépassé la ferme des Jouve ! Aujourd'hui, la Galoche est drôlement à l'heure, dis donc !

Comme pour saluer cette remarque admirative, le sifflet de la locomotive à vapeur retentit deux fois.

– Eh oui, mon Pierrot, tout le monde n'est pas aussi lent que toi !

– Oh ça va, Dédé ! Si tu cours plus vite, c'est juste

parce que tu as deux ans de plus que moi. Mais un jour, tu verras, je te battrai…

Indifférent à leurs chamailleries, le train continuait son petit bonhomme de chemin et s'apprêtait à entrer en gare du Chambon-sur-Lignon.

Tout à son observation, André ne releva pas la remarque de son petit frère. Ses cheveux châtains et ses yeux noirs auraient pu le faire paraître terne auprès de son lumineux cadet, mais l'intensité de son regard et l'énergie dégagée par son visage interdisaient une telle pensée.

Alors que le sifflet déchirait de nouveau le calme de la campagne et que les roues métalliques de la locomotive ralentissaient en grinçant, André lança :

– Alors, tu paries quoi ? Les départements ?

Bien qu'étant le plus jeune, Pierrot possédait une mémoire d'éléphant qui lui permettait de retenir sans difficulté toute la liste des départements de France ainsi que les numéros correspondants. Avec le contrôle de géographie prévu la semaine suivante, c'était un atout non négligeable.

Pour obtenir le même résultat, André devait passer des heures à étudier. Et il avait horreur de ça. Pourquoi donc ne pas essayer de profiter, lui aussi, des facultés de son jeune frère ?

– T'es pas fou, non ? T'as déjà oublié les coups de règle du père Renard quand il a découvert que tu copiais sur moi les dates de la Révolution française ?

– Si tu t'étais pas transformé en statue de sel quand il t'a regardé, on se serait jamais fait prendre !

Comme il prononçait ces paroles, André vit que le train s'était enfin immobilisé. Tant pis pour les départements. Pierrot était trop trouillard. Sans laisser à son frère le temps de protester, il haussa les épaules, agacé, et fit une nouvelle proposition :

– Celui qui perd porte la gibecière de l'autre pendant deux jours.

– Ça marche pour moi, répondit Pierrot précipitamment, soulagé qu'André ait laissé tomber son idée première.

Les voyageurs n'allaient plus tarder à descendre. Il fallait faire vite.

– Alors, tu dis qu'il y en aura combien ? souffla André.

– Cinq.

– Pfff ! Moi, je dis huit.

Les yeux fixés sur la bande de graviers qui servait de quai à la gare, ils commencèrent à compter à voix haute :

– Un, deux, trois, quatre…

– Ah non, c'est Jeannot. Lui, il compte pas, il revient juste de chez sa tante de Saint-Étienne !

Voyant un autre garçon descendre du train, Pierrot reprit :

– Cette fois, ça fait quatre.

Sans lui prêter attention, André poursuivit lentement :

– ... Cinq, six, sept...

– Non ! Ça fait six, je te dis ! Et puis de toute façon, tu vois bien que c'est fini, le contrôleur referme les portes.

Alors que le pari semblait être définitivement perdu pour l'un et pour l'autre, une retardataire jaillit soudain de la dernière voiture. Même de là où ils se trouvaient, sa chevelure rousse paraissait de l'or en fusion.

– Ah ben elle, ça doit être une cousine aux Argaud, ricana Pierrot en faisant allusion à la famille de rouquins qui fréquentaient la même école qu'eux.

Un instant silencieux, le regard rivé sur elle, André répondit d'une voix qui avait brutalement plongé dans les graves :

– Imbécile, eux, ils sont poil de carotte. Elle, c'est comme un feu de la Saint-Jean.

Devant le regard ahuri de son frère, André se ressaisit d'un coup. Les déclarations poétiques, cela ne lui ressemblait guère. Qu'est-ce qui lui avait pris de dire une chose pareille ? Et devant Pierrot en plus !

Aussitôt, il se redressa et, sur un ton autoritaire, il enchaîna très vite :

– … Et de huit ! J'ai gagné !

Lançant sa gibecière aux pieds de son frère, il s'éloigna en courant.

Instantanément, Pierrot oublia la fille et hurla :

– Jeannot, y compte pas !

– On avait dit « tous les enfants », répliqua André par-dessus son épaule.

– Oui, mais ça voulait dire les nouveaux, ceux qu'on connaît pas…

Donnant un coup de pied dans le sac de son frère, Pierrot se mit à brailler :

– T'es qu'un sale tricheur ! Ta gibecière, je la porterai pas.

Et, la laissant sur place, il partit à la poursuite de son aîné.

Ce dernier s'était déjà arrêté et le regardait venir vers lui en souriant. À vrai dire, il se fichait pas mal du pari. Il avait surtout voulu faire oublier à Pierrot sa réaction étrange. Et ça avait marché.

– Te fâche pas, on va dire que c'est match nul, le rassura-t-il quand son frère arriva à sa hauteur.

Il lui donna une bourrade affectueuse, puis il courut chercher sa gibecière. Il en profita pour jeter un coup d'œil à travers les branches. Les abords de la gare étaient maintenant déserts.

En rejoignant son frère, André repensa à la fille. Descendue après les autres, elle s'était retrouvée seule à côté du train qui repartait, avec pour tout bagage un petit sac noir qu'elle tenait à deux mains.

Il se demandait ce qu'elle avait bien pu faire après leur départ, et puis il s'exaspéra de se poser autant de questions. Les autres s'étaient toujours bien débrouillés. Il en serait de même pour elle.

Non, il ne s'était jamais inquiété auparavant pour tous ces gens que la Galoche déversait régulièrement sur les rives du Chambon. Il secoua la tête et déclara :

– On ferait mieux de se dépêcher. Papa doit déjà nous attendre.

CHAPITRE II

Lorsqu'ils arrivèrent enfin à La Suchère, ils étaient franchement en retard. Le soleil de ce mois d'avril 1942 était bas dans le ciel, et la nuit ne tarderait plus à tomber. André se mordit les lèvres. Ils allaient certainement payer cher leur expédition au Chambon.

– Flûte ! laissa-t-il échapper.

Un meuglement provenant de l'étable leur apprit alors que les vaches y étaient déjà.

– Et reflûte ! gémit Pierrot. Quelqu'un a dû les rentrer à notre place ! Pourvu que ce ne soit pas le père !

André regarda son frère et vit qu'il affichait un sourire crispé. Si Pierrot craignait les corrections de M. Renard, il redoutait encore bien davantage celles du père.

Peu pressés d'avoir à rendre des comptes, ils ralentirent le pas en pénétrant dans la cour. Ils découvrirent alors la façade de la ferme et s'arrêtèrent net, frappés par un détail insolite.

– Dis, t'as vu les volets ?

– Oui, c'est bizarre, ils sont déjà tous fermés.

– D'habitude, renchérit André, Jeannine les laisse ouverts le plus longtemps possible.

– Ouais, c'est pas son genre de tourner l'interrupteur avant que ce ne soit absolument nécessaire !

Intrigués et inquiets, les deux garçons s'approchèrent lentement du bâtiment et vinrent coller l'oreille au panneau de bois.

– T'entends ça ? murmura Pierrot. Qu'est-ce qu'ils peuvent bien faire à ton avis ?

Aussi surpris que son frère de ne pas entendre le brouhaha habituel, André répondit :

– Chut, écoute, on dirait que quelqu'un parle…

Tendant l'oreille, Pierrot perçut cette fois des sons étouffés, accompagnés, par intermittences, de grésillements.

– Bon, on va pas passer notre vie dehors, dit soudain André, qui n'aimait pas attendre. On n'a qu'à aller voir !

Il prit son courage à deux mains et entrouvrit la porte. L'ampoule électrique brillait dans la pénombre et lui permit de distinguer un attroupement compact autour de leur père. Leurs quatre sœurs et leur petit frère leur tournaient le dos, silencieux comme seulement ils savaient l'être dans le temple, quand le pasteur Perrin montait les marches qui conduisaient à la chaire. Cela ne les empêchait cependant pas de se bousculer discrètement les uns les autres afin de mieux observer ce que faisait leur père.

– Fermez la porte, bon sang ! s'exclama soudain celui-ci, couvrant momentanément la voix inconnue qui marmonnait des mots étranges.

André s'exécuta aussitôt, tout étonné qu'on ne prête pas plus d'attention à leur arrivée tardive. À ce moment-là, Jeannine, leur sœur aînée, s'arracha à sa contemplation pour les regarder d'un air mécontent. Toujours sans un bruit, elle désigna du doigt la vieille horloge de grand-mère qui marquait les heures, et secoua la tête. En guise d'excuse muette, André haussa les épaules et fit une grimace.

Pierrot, qui pendant ce temps-là s'était approché pour jeter un coup d'œil, retint un cri de surprise.

– Hé ! Une T.S.F. !

Le jeune garçon n'en revenait pas : une T.S.F. chez eux ? Alors qu'ils avaient à peine de quoi s'acheter une paire de sabots chacun ? C'était à peine croyable !

Mais André, qui l'avait suivi, avait, lui, déjà deviné la provenance du fabuleux appareil. De toute façon, ce n'était pas difficile. Tout ce qui sortait un peu de l'ordinaire dans leur vie, ils le devaient à leurs amis de Nîmes.

Il y avait bien longtemps, la plus jeune des filles de cette famille citadine était venue passer l'été chez eux pour raison de santé. À l'époque, André était tout petit, mais il se rappelait encore les paroles de sa mère quand elle avait raccompagné les parents inquiets à leur voiture.

– Ne vous en faites pas, leur avait-elle dit, à la fin de l'été, vous ne la reconnaîtrez pas. L'air du Plateau, cela vous ressusciterait un mort !

Et comme elle avait eu raison ! Fragile et maigrichonne à l'arrivée, la fille était repartie les joues roses, et arrondie de quelques kilos supplémentaires.

Ensuite, pendant plusieurs années, elle était revenue, chaque fois chargée de cadeaux pour toute la famille. Puis, avec le temps, les séjours s'étaient espacés, mais les cadeaux avaient continué d'arriver fidèlement.

C'est ainsi qu'ils avaient sucé leurs premières pastilles à la menthe, enfilé leurs premières vraies chaussures, reçu leurs premiers vrais jouets… bref, goûté un peu à ce qui avait, de près ou de loin, un parfum de luxe. Mais cette fois-ci, il fallait reconnaître que leurs amis avaient fait fort. Une T.S.F., ce n'était pas rien ! Bien sûr, au Chambon, il y en avait déjà plusieurs, mais ici, dans les fermes de La Suchère, on n'en trouvait aucune ! Lundi, à l'école, ils en mettraient plein la vue aux copains !

À force de tourner le bouton, le père était enfin parvenu à capter la longueur d'onde qu'il cherchait. La voix s'élevait maintenant plus clairement, même si elle n'était pas pour autant plus compréhensible.

– C'est un patois ? murmura Lucie.

– Idiote, rétorqua Marie, d'un an son aînée, c'est de l'anglais !

– Silence ! tonna leur père – et tous se figèrent.

Au même moment, la voix changea. D'un timbre que la T.S.F. rendait nasillard, elle annonça : « Ici, Londres, les Français parlent aux Français... »

Dans un silence quasi religieux, ils écoutèrent les dernières nouvelles de cette guerre qui durait depuis plus de deux ans et demi. Contrairement à ce que les journaux français prétendaient, on leur apprenait que les forces alliées n'étaient pas anéanties par la terrible armée allemande. Là-bas, à Londres, malgré les avancées de la Wehrmacht, ils semblaient encore croire à la victoire. Et ce général de Gaulle, qui s'était réfugié à Londres en 1940, encore plus que quiconque !

Après le bulletin d'informations, le journaliste annonça qu'il allait communiquer des messages personnels.

Jeannine s'écarta alors discrètement du poste de radio et fit signe à André et Pierrot de la suivre. Lorsqu'ils furent suffisamment éloignés, elle leur dit :

– Vous avez eu de la chance, le cousin de Villelonge est passé apporter la T.S.F. et votre absence n'a pas été remarquée. Babeth a rentré les vaches à votre place, mais vous avez intérêt à les traire rapidement. Sinon, ça va barder.

Sans demander leur reste, les deux garçons obtempérèrent.

Depuis la mort de leur mère, qui n'avait pas survécu à la naissance du petit Louis, Jeannine avait endossé le rôle maternel. Bien qu'elle n'ait été alors âgée que de quatorze ans, son autorité avait tout de suite été acceptée par ses six frères et sœurs.

Dans leur détresse, et malgré sa propre souffrance, elle avait été une source de réconfort pour chacun d'eux. Même si rien n'avait jamais été exprimé, ils lui en étaient tous profondément reconnaissants. Ils lui obéissaient donc sans broncher.

Ainsi, deux minutes plus tard, l'étable résonnait

déjà du bruit des premières giclées de lait qui frappaient le fond des seaux métalliques vides.

– Mince alors ! Une T.S.F. ! répéta Pierrot à voix basse, encore sous le coup de la surprise. Maintenant, on va tout savoir sur la guerre.

– Pfff ! Pour ce que ça change ! rétorqua André d'un ton blasé. Nous, la guerre, on va la passer derrière le cul de nos vaches !

Horrifié d'entendre son frère utiliser ce langage, Pierrot jeta un coup d'œil par-dessus son épaule pour vérifier que personne ne se trouvait dans les parages.

Sans partager son inquiétude, André poursuivit :

– C'est sûr, toi, tu te rends pas compte. Tu chantes « Maréchal, nous voilà ! » et tu crois tout savoir de la guerre !

– C'est pas vrai ! Je le chante plus ! Papa me l'a interdit ! le contredit vivement Pierrot.

– Ça change rien. Tu es trop jeune. Moi, c'est pas pareil, j'ai quatorze ans. Ce que j'espère, c'est que ça durera encore quatre ans au moins. Alors je pourrai m'engager dans la marine comme Albert Jouve, et voir le monde.

Cette fois, Pierrot ne répondit rien. Dans des moments comme celui-là, il ne savait plus quoi dire, car il ne comprenait plus son frère. La géographie, lui, ça l'intéressait dans les livres. Mais partir d'ici, ça ne lui disait rien du tout.

Il aimait ce pays, cette région du Plateau située à la limite du Velay et du Haut-Vivarais, que les gens d'ici appelaient « la Montagne ». Il aimait sa nature encore sauvage, le parfum de sa terre fraîchement labourée et le gargouillement des ruisseaux qui venaient grossir le Lignon. Même si parfois la vie y était dure, il trouvait sa récompense dans le sentiment d'intense liberté que le Plateau lui offrait. Et il avait beau caracoler en tête de classe, il savait bien qu'il ne le quitterait jamais pour poursuivre des études. À quoi bon ? Il avait l'âme d'un paysan.

André aussi aimait la Montagne, mais une part de lui aspirait à connaître d'autres cieux, d'autres visages. Et aussi, il devait bien l'admettre, il rêvait d'une vie moins rude et d'une nature moins indomptable. Le froid qui vous gelait les orteils d'octobre à avril, et qu'on combattait bien misérablement avec quelques poignées de paille fourrées dans les sabots, il en avait plus qu'assez. Et que dire des congères de neige qui atteignaient parfois deux mètres de haut ? Ces congères qui avaient tué sa mère en empêchant le docteur d'arriver à temps !

Comme toujours lorsqu'il pensait à cela, il sentit la

colère l'envahir. Sans s'en rendre compte, il se mit à tirer plus fort sur le pis de la vache. Le meuglement de protestation de la Charmante le rappela à l'ordre. Il tapota le flanc gris clair de la bête pour s'excuser. Il croisa alors le regard inquiet de Pierrot et insista :

– Oui, tous les moyens seront bons pour partir d'ici. Cette guerre, vois-tu, c'est ma chance.

CHAPITRE III

– Amis, soyez les bienvenus dans la maison de Dieu.

La voix, profonde et ferme, résonna dans le temple. Debout devant la table sur laquelle reposait une imposante Bible, le pasteur s'adressait à l'assemblée. Après quelques mots d'accueil supplémentaires, l'organiste plaqua les accords du premier cantique. Comme un seul homme, les fidèles entonnèrent :

– « Tel que je suis, sans rien à moi, sinon ton sang versé pour moi… »

André, malgré sa voix qui hésitait entre soprano et basse, chantait aussi fort que les autres. Il était pourtant assez mécontent, car, ce dimanche, ils étaient arrivés en retard, et du coup ils avaient dû se contenter des places qui restaient. Voilà pourquoi il se retrouvait assis derrière un des énormes piliers qui s'élevaient dans la salle pour soutenir la toiture.

– « … Agneau de Dieu, je viens. »

À peine eut-il fini de chanter les dernières notes qu'il répéta à sa sœur en chuchotant :

– Pousse-toi un peu, je ne vois rien !

– Chut, fit Jeanine – mais elle se décala légèrement.

Au moins maintenant pouvait-il lire le numéro des cantiques notés sur un panneau en bois. Et puis surtout, en se tordant le cou, il pouvait enfin apercevoir le pasteur. Pour rien au monde il n'aurait raté ça. Quand il parlait, M. Perrin dégageait une telle ferveur que cela vous touchait jusqu'à l'âme et vous donnait envie de l'écouter pendant des heures.

Après plusieurs chants entrecoupés de prières et de déclarations, le pasteur gravit les marches qui menaient à la chaire. Dans le silence le plus total, il lut un passage qui racontait comment le peuple hébreu avait été persécuté par le pharaon d'Égypte. Puis il commença son sermon.

L'attention de l'assemblée, déjà intense pendant la première partie du culte, se fit encore plus soutenue. André écoutait le pasteur et il lui semblait que cette prédication, comme souvent, ne parlait pas seulement de ce qui s'était passé à l'époque de Moïse. Il savait bien qu'aujourd'hui, à nouveau, il ne faisait pas bon être juif. Les lieux avaient changé, les accusations aussi, mais le cœur des hommes était resté le même. La haine du Juif était de plus en plus présente dans les discours politiques allemands, et même dans ceux du gouvernement français de Vichy. « Le peuple élu de Dieu », comme il était appelé dans la Bible, était à nouveau soumis à la persécution, et cela était intolérable pour le pasteur Perrin.

– Quand je vous regarde, disait-il, je ne vois ni catholiques, ni protestants, ni juifs. Je ne vois que des hommes. Notre Seigneur Jésus-Christ, qui était lui-même juif, nous a laissé deux commandements. Le premier, d'aimer Dieu de toute notre âme, de toute notre force et de toute notre pensée. Le deuxième, qui en découle, est d'aimer notre prochain comme nous-mêmes.

À travers ses petites lunettes rondes, il balaya l'assistance du regard, de ce regard bleu où brûlait toute sa conviction, puis il conclut :

– Et cela même si notre prochain est un Juif !

Il y eut à peine quelques mouvements de tête approbateurs chez les plus expressifs. André, lui, qui avait depuis longtemps oublié le torticolis qui le menaçait, avait envie d'applaudir. Mais les protestants du Plateau n'étaient pas connus pour leur exubérance, et bien présomptueux celui qui aurait prétendu savoir ce qui se passait dans le cœur et la tête de son voisin. Néanmoins, en étant attentif, on pouvait voir que tous étaient suspendus aux lèvres du prédicateur. Dans la salle, il le sentait bien, tous les fidèles étaient en phase avec son discours.

Quand le pasteur eut enfin terminé son sermon, ils chantèrent encore un cantique, puis ce fut le moment des annonces. André tendit l'oreille.

– La réunion de prière se fera au presbytère mardi soir… Et je dois aussi vous dire qu'il me reste encore sept « Anciens Testaments » à placer cette semaine.

Et voilà ! Il en était sûr ! Le tout, maintenant, c'était de savoir qui se porterait volontaire.

À la sortie du culte, André se débrouilla pour rester non loin de M. Perrin, qui serrait la main de chacun de ses paroissiens. Presque tous avaient un mot de remerciement pour le pasteur, mais ce qui intéressait surtout André, c'était ceux qui ajoutaient à la fin :

– Et puis allez, je vous en prendrai bien un.

– Mais, M. Roche, vous en avez déjà trois ! protestait M. Perrin.

– Et alors ? Qu'importe ? Une soupe, qu'elle soit pour cinq ou pour dix, ce n'est que quelques patates en plus ! Ne vous en faites pas pour nous !

– Merci pour eux…

– Non, merci à vous, monsieur le pasteur, merci de nous ouvrir les yeux.

Si André comptait bien, il n'en restait plus que deux à placer, et pourtant la plupart des gens n'étaient pas encore sortis.

Quelques minutes plus tard, tous les « Anciens Testaments » avaient trouvé un lieu d'accueil.

– Hé ! Dédé !

Pierrot venait de le rejoindre. Sans attendre, André lui dit tout excité :

– Lundi, il y aura des nouveaux à l'école !

– Comment tu sais ça, toi ? demanda Pierrot méfiant.

– J'ai entendu les Argaud et les Terrier dire à M. Perrin qu'ils prendraient bien un « Ancien Testament ».

Scandalisé, Pierrot le regarda et lâcha :

– T'as écouté les gens qui parlaient au pasteur ? T'es fou ! Si papa l'apprend, il va te mettre une de ces trempes !

– Pourquoi veux-tu qu'il l'apprenne ? Il n'y a que toi qui sais !

– N'empêche que tu as un sacré culot !

Il réfléchit un instant, puis il ajouta :

– Et puis je ne vois pas le rapport entre les Anciens

Testaments que nos voisins ont récupérés et le fait qu'il y ait des nouveaux à l'école. Les Argaud et les Terrier ont dû vouloir rendre service au pasteur en le débarrassant de ses vieux bouquins, voilà tout !

André lui lança un regard interloqué. Puis, devant l'air interrogateur de Pierrot, il demanda :

– Comment, tu ne sais pas ce que c'est que les « anciens testaments » du pasteur ?

– Bien sûr que si que je le sais ! L'Ancien Testament, c'est la partie de la Bible qui raconte la vie du peuple hébreu avant la venue de Jésus-Christ ! déclara-t-il, très sûr de lui.

En voyant son frère rire aux éclats, Pierrot se fâcha :

– Pourquoi tu te moques ? Je suis sûr que c'est ça ! Je suis même prêt à parier…

– Laisse tomber, l'interrompit son frère en se calmant. Je croyais que tu étais au courant ! Depuis quelque temps, « ancien testament » est un nom de code pour désigner les Juifs. Pour les gens de l'extérieur, cela ne paraît pas suspect, mais nous, on comprend tous ce que ça veut dire.

Il fit une pause avant d'enchaîner, avec un sourire gentiment moqueur :

– Enfin, presque tous…

– Oh, ça va, râla Pierrot d'une voix boudeuse.

Après une courte pause, il s'arrangea pour dévier la conversation :

– De toute façon, ça ne veut pas dire qu'ils seront à l'école ! Peut-être que ce sont des adultes !

– Ça m'étonnerait ! Ceux qui sont descendus vendredi de la Galoche, ce n'étaient pas des adultes !

– Oui, mais il y en avait un grand ! Je suis sûr que lui, il va aller au collège Cévenol !

Alors que le débat battait son plein, leur sœur aînée les appela. Lucie, Marie et Élisabeth étaient déjà autour d'elle, impeccables dans leurs robes bleu marine agrémentées du col en dentelle blanche confectionné par leur mère. Quand les filles grandissaient et devaient changer de robe, Jeannine les décousait soigneusement et les recousait sur leur nouvelle tenue. Louis, beau comme un petit prince dans les habits du dimanche qu'il avait hérités de ses frères, avait blotti sa tête blonde dans le cou de sa sœur, qui le tenait dans ses bras.

– Papa est allé atteler les chevaux, dit-elle, il faut se dépêcher.

Tout en lui emboîtant le pas, les deux frères poursuivirent leur discussion :

– Je suis prêt à parier, insista Pierrot.

André répondit du tac au tac :

– O.K., les départements alors.

– O.K., accepta son cadet, qui voulait faire oublier son humiliation. Tope là !

Un claquement de main scella le marché.

André sentit un frisson d'excitation le parcourir. Entre l'annonce de l'arrivée de la T.S.F. aux copains et le pari avec Pierrot, ce lundi promettait d'être moins ennuyeux que de coutume. Et puis, qui sait, peut-être lui réserverait-il encore d'autres surprises ?

CHAPITRE IV

– Dédé, je suis fatiguée, porte ma gibecière, s'il te plaît ! dit Lucie d'une voix plaintive.

– Allez, donne, fit André.

– C'est pas juste, se plaignit Marie, c'est une flemmarde ! Moi, à son âge, je devais la porter toute seule, ma gibecière.

– Toi, t'es jalouse, la taquina Pierrot – mais il lui prit quand même son sac.

En fait, si Marie, malgré son mauvais caractère, était sa sœur préférée, c'est qu'il la comprenait.

Du haut de ses sept ans, elle n'avait qu'un an de différence avec la petite Lucie, mais cette dernière, par son charme naturel, attirait tous les regards et les compliments. De plus, avec ses boucles blondes et ses joues rouges, la fillette avait gardé un visage de chérubin qui donnait irrésistiblement envie de la protéger.

Pauvre Marie, à qui on faisait toujours remarquer qu'elle était la plus grande, et donc en âge de se débrouiller toute seule !

– De toute façon, on est arrivés, remarqua Élisabeth avec le bon sens qui la caractérisait.

Effectivement, les premières maisons du Riou-la-Grange étaient déjà visibles. D'autres enfants, qui venaient des hameaux voisins, les rejoignirent. Beaucoup, comme eux, devaient marcher pendant des kilomètres pour se rendre à l'école.

Comme ils approchaient, M. Renard, le maître, se mit à agiter la petite cloche qu'il tenait à la main et ils coururent se mettre en rang par ordre de taille.

Sans pouvoir se retenir, Pierrot souffla au garçon placé juste devant lui :

– Hé, Léon ! Tu devineras jamais ce qui est arrivé chez nous samedi !

– Eh bien, toi, tu devineras pas plus ce qui est arrivé chez nous dimanche ! rétorqua le rouquin en tournant la tête vers lui.

– Léon ! Pierre ! Vous copierez cent fois « Je ne parle pas dans le rang » !

La punition mit aussitôt fin à la discussion. Le maître attendit encore une ou deux minutes que le silence soit parfait, puis il tourna vivement les talons, faisant voltiger sa blouse grise.

Les élèves lui emboîtèrent le pas et pénétrèrent dans l'école, qui n'abritait que deux classes. M. Renard préparait les plus âgés au certificat d'études, pendant que son épouse s'occupait des plus jeunes.

André, qui faisait partie des grands, ne se pressait généralement pas pour entrer en classe. Il trouvait que son statut de vétéran lui donnait bien le droit de respirer quelques minutes de plus l'air frais du dehors. Pourtant, ce matin-là, il pressa le pas en entendant les exclamations étouffées de ses camarades.

Lorsqu'il franchit le pas de la porte, il en comprit tout de suite la raison. Lui-même dut se retenir pour ne pas participer au concert de murmures.

La fille du train était là, debout près de M. Renard.

Il la reconnut immédiatement, à sa chevelure si caractéristique. Fasciné, il la dévisageait sans pouvoir s'en empêcher, totalement séduit par les nouveaux détails qu'il découvrait maintenant : quelques taches de rousseur qui parsemaient un nez fin et droit, un teint de lys rehaussé de rose au niveau des pommettes et enfin deux immenses yeux vert d'eau qui trahissaient à l'évidence un grand embarras. Sûr qu'elle n'était pas heureuse de se tenir là, soumise au regard de tous.

– Je vous présente Simone, déclara le maître quand le silence fut revenu, elle a treize ans et c'est une cousine des Argaud. Elle va habiter quelque temps chez eux.

Le ton de M. Renard indiquait clairement qu'il n'ajouterait rien à cette présentation lapidaire.

Aussitôt, Pierrot lança un regard victorieux et éloquent à son frère. « Tu vois, lui disait-il, j'avais raison ! »

Une fois la surprise passée, chacun reprit ses habitudes et la première partie de la matinée se déroula de la même façon que les autres jours.

La nouvelle s'était assise à côté d'Élisabeth, juste devant André et Léon, qui occupaient le dernier rang. Elle paraissait complètement absorbée par les leçons et les exercices. À la grande déception d'André, pas une fois elle ne tourna la tête. Mais même sans cela, il eut le plus grand mal à se concentrer sur son travail, car dès qu'il levait les yeux, les boucles rousses l'attiraient comme un aimant. Il se surprenait à attendre que la nouvelle bouge légèrement pour observer les reflets changeants qui accompagnaient chacun de ses mouvements. Jamais il n'avait vu ça, et certainement pas sur la tête d'un des rejetons de la famille Argaud !

– Une cousine des Argaud, mon œil, grommela-t-il.

Léon, qui l'avait entendu, rétorqua :

– Si t'as quelque chose à dire, t'as qu'à aller voir

mon paternel. Je te jure qu'il t'ôtera vite l'envie de poser des questions.

Un regard du père Renard empêcha André de répondre. De toute façon, Léon avait raison, les gens du coin n'étaient pas bavards et avaient horreur des gens trop curieux. Surtout depuis la guerre. Non, s'il voulait en apprendre davantage, il faudrait qu'il s'adresse directement à l'intéressée !

À la récréation, Pierrot se jeta sur lui.

– Alors, qui c'est qui avait raison ? Et pas qu'une fois, mais deux !

– Comment ça ? demanda André perplexe.

– Eh bien, et d'un, tes Anciens Testaments, il n'y en a qu'un à l'école ! Et de deux, c'était bien une cousine des Argaud !

– Oui, et moi je suis le maréchal Pétain, gros nigaud ! Tu vois pas que c'est juste des histoires ?

– Bon, de toute façon, pour le deux, ça m'est égal. Mais tu as quand même perdu l'autre pari !

– O.K., je me débrouillerai pour les départements...

– Et toi, tu porteras ma gibecière !

– Ah non ! lâcha André. La gibecière, c'était pour les enfants du train. Toi, tu n'as rien parié dimanche, alors tu ne m'aides pas, mais je ne te dois rien !

– C'est pas juste ! protesta Pierrot.

– Si, c'est juste ! T'avais qu'à y penser. Mais comme je suis gentil, je te laisse une nouvelle chance : je suis prêt à parier qu'elle ne s'appelle pas Simone.

– Alors ça non ! Simone ou pas, je m'en fiche ! Quant aux départements, tu te débrouilleras tout seul…

Plantant là son aîné, il courut vers un groupe d'enfants qui jouaient aux gendarmes et aux voleurs.

Resté seul, André revint à ses préoccupations.

« Elle est trop jolie pour s'appeler Simone », décida-t-il.

Et puis, lui qui épiait tous ses gestes, il l'avait vue sortir un mouchoir quand elle s'était mise à tousser. C'était un mouchoir comme on n'en trouvait que rarement sur le Plateau, coupé dans un fin carré de batiste. Le bord était orné de dentelles et, dans le coin, il avait eu le temps de distinguer un « R » majuscule brodé en rouge.

Peut-être s'appelait-elle Rose ? Non, c'était trop banal. Elle méritait mieux ! Soudain, il repensa à ses leçons de catéchisme, et il se souvint de Rebecca, la femme d'Isaac, l'un des pères de la religion juive. On leur avait alors dit que ce prénom signifiait littéralement « une corde avec un nœud coulant », ou encore « une jeune femme à la beauté ensorcelante », car la beauté d'une telle femme était comme un nœud coulant qui vous prenait au piège. Or, pris au piège, André l'était bel et bien. Depuis le premier jour, cette fille l'obsédait, et ce n'était pas maintenant qu'il l'avait sous les yeux en permanence que cela allait changer.

« Rebecca, se dit-il, moi, je l'appellerai Rebecca. »

CHAPITRE V

Perché sur la barrière de bois qui fermait l'enclos à cochons de la ferme des Argaud, André attendait impatiemment de voir sortir Daniel, le fils aîné de la famille.

Pour être sûr de pouvoir lui parler sans être dérangé, il s'était levé avant tout le monde, avant même que le coq ne chante. Dans l'aube brumeuse qui l'avait enveloppé dès qu'il avait franchi le seuil, il avait rejoint la ferme de ses voisins. Il savait qu'il ne disposait pas de beaucoup de temps, car quand le coq chanterait, toute la maisonnée se lèverait et, après un bol de café au lait et quelques tranches de pain noir, s'activerait à faire tourner la ferme. Mais cette course matinale en valait la peine, car plus il y réfléchissait, plus il était sûr que son plan allait marcher. Et dans ce cas, il aurait une bonne excuse pour se rendre souvent chez les Argaud. Ce serait alors un jeu d'enfant de provoquer une rencontre avec Simone, loin des regards curieux et indiscrets.

Oui, il fallait vraiment que son plan fonctionne, parce qu'il savait bien que devant les autres il n'aurait jamais le courage d'aller lui parler !

Cette réflexion l'amena à penser à la semaine qui venait de s'écouler, et aussitôt il sentit l'exaspération monter en lui.

La voir si près, sans oser l'aborder, et en faisant toujours attention à ne pas trop la regarder, était l'expérience la plus frustrante qu'il lui ait jamais été donné de vivre ! Sans parler de la jalousie qui l'avait saisi chaque fois qu'il l'avait vue repartir entourée de Léon et de ses frères et sœurs. Mais la veille au soir, il s'était brusquement souvenu de la proposition de Daniel, et ce matin, au saut du lit, il s'était précipité chez ses voisins.

– Eh, Dédé ! Qu'est-ce que tu fais là, perché comme un corbeau sur cette barrière ?

Plongé dans ses réflexions, André n'avait pas entendu Daniel arriver.

– Salut, Daniel, dit-il en sautant de son perchoir et en se frottant nerveusement les mains.

Puis, voyant que le jeune homme attendait une explication à sa présence, il enchaîna très vite :

– Je suis venu te voir au sujet de ta proposition de l'autre fois. En fait, j'ai changé d'avis…

– Ah bon ? Et le certificat d'études ? Je croyais que ça te prenait tout ton temps !

– Oh ! Finalement, c'est pas si terrible. C'est juste une question d'organisation.

– Ça, c'est à toi de voir, mais si tu le rates cette année, ton père va te frotter les oreilles…

– T'en fais pas, je l'aurai. Et je voulais te dire que si tu as encore besoin de moi, je suis là.

Le jeune homme, roux comme tous les Argaud, posa son calme regard brun sur André et le considéra un instant. Ils se connaissaient depuis toujours et Daniel savait qu'André était un vrai gars du pays, malgré ses envies de voyage. Un gars à qui il pouvait faire toute confiance.

Comme beaucoup d'autres jeunes, Daniel était responsable d'un petit groupe de personnes dont le but était de cacher des Juifs, puis de les aider à passer les frontières de la France vers des terres plus hospitalières. Tout le monde dans la région savait plus ou moins cela, mais personne n'en savait guère davantage. Personne, à l'exception du pasteur, bien sûr. Lui seul savait, lui seul maîtrisait tous les rouages de son organisation, lui seul était « la tête » de cette pacifique résistance chambonnaise. Pour la sécurité de tous, Daniel ignorait ce que faisaient les autres responsables, et il en était de même pour chacun d'entre eux.

– Pour sûr qu'on a besoin de toi, répondit-il finalement à André. Les anciens testaments arrivent de plus en plus nombreux, et ça ne plaît guère au Maréchal et à son gouvernement de Vichy. Alors tu penses, on a plus que jamais besoin de gars de confiance qui courent vite et qui connaissent la région comme leur poche. Pour porter les messages par chez nous, ça va bien plus vite à pied par les bois qu'en voiture par les routes !

– Alors je suis ton homme !

– Tope là, Dédé ! Je suis content de te savoir des nôtres.

Les mains claquèrent, scellant un engagement irrévocable.

– Tu n'auras qu'à passer le matin ou le soir pour les messages, et s'il y a urgence, j'enverrai Léon te prévenir, déclara Daniel en poussant la porte de l'étable.

– Très bien, tu peux compter sur moi, je viendrai dès que j'aurai fini mes corvées.

Après un dernier signe de la main, André se retourna et partit au pas de course. Il fallait faire vite, sinon son père allait se demander où il était passé !

Les brumes matinales commençaient à se dissiper, mais des nappes cotonneuses flottaient encore par endroits, donnant au paysage une inquiétante allure fantomatique. Mais André s'en fichait. Il courait, tout à la joie d'avoir atteint son but, se fiant à sa mémoire pour éviter les obstacles du terrain.

Il n'avait parcouru qu'une centaine de mètres lorsque, au détour du chemin, il percuta quelqu'un de plein fouet.

– *Ouch*, *Entschuldigung !*

Les premières secondes de surprise passées, André bredouilla :

– Mince ! Ça alors ! Qu'est-ce que tu fais là ?

L'émotion renforçait encore les accents rauques de sa voix, mais Simone ne parut pas le remarquer. Par terre, encore sous le choc, elle se tenait la tête.

– Ça va ? s'inquiéta André.

Son bel optimisme était parti en fumée. Il se dit qu'il avait tout fait rater. Lui qui rêvait d'impressionner la nouvelle, voilà qu'il manquait de l'assommer !

La jeune fille ne répondit pas. Elle restait assise, sa chevelure rousse recouvrant son visage.

Maintenant, André était vraiment embarrassé et ne savait plus que faire. Une partie de lui-même aurait aimé prendre ses jambes à son cou et oublier ce qui venait de se produire. Une autre savait qu'il ne pouvait pas abandonner comme ça celle qu'il cherchait avec tant d'acharnement à rencontrer.

Sans rien dire, il se laissa glisser sur le sol à côté d'elle, tout en prenant garde à ne pas la toucher.

Après quelques minutes, Simone releva enfin la tête, et les yeux verts apparurent derrière un rideau de boucles rousses.

– Ça va ? demanda de nouveau André.

– Oui, ça va, mais j'ai un peu mal à la tête.

Dès les premiers mots, prononcés d'une voix timide, André repéra un accent étranger. Il se souvint alors de ne pas avoir compris ce que la jeune fille avait dit au moment du choc. Sur le coup, il n'avait pas fait attention, maintenant, il avait l'explication : elle n'était pas française. Cela ne le surprit guère. Ces derniers temps, le Chambon résonnait souvent d'accents divers et variés. Entre les étudiants du collège Cévenol et les résidents des pensions de famille, le village devenait très cosmopolite : des Espagnols, des Italiens, des Polonais, des Russes, des Autrichiens et même des Allemands se côtoyaient sur le Plateau.

Du coup, il ne fallut pas longtemps à André pour reconnaître les accents de la langue de Goethe.

Il comprenait maintenant pourquoi la jeune fille n'ouvrait presque jamais la bouche à l'école, sauf parfois pour chuchoter quelques mots à l'instituteur.

Bien évidemment, en bon protestant, aucun des Argaud n'avait dit quoi que ce soit. Pas de questions, pas d'indiscrétions, c'était la loi du pays. Les gens de la région se contentaient de donner vivre et couvert à ceux qui en avaient besoin, et qui arrivaient souvent au milieu de la nuit sans autre passeport qu'une valise en carton. Ils restaient aussi longtemps que nécessaire, payaient s'ils le pouvaient, puis repartaient, laissant la place à d'autres. Mais pendant le temps de leur séjour, nul ne leur posait de questions. Quant aux informations que certains devinaient, ils les gardaient pour eux, sans jamais les divulguer.

André savait bien que c'était comme cela que les gens du coin fonctionnaient, mais voilà, les autres, eux, n'avaient pas craqué pour deux magnifiques yeux verts encadrés de boucles rousses.

Ce fut plus fort que lui. Brisant la tacite loi du silence, il demanda :

– Tu es allemande ?

Un regard inquiet lui répondit.

– Ne t'en fais pas ! Je ne le répéterai à personne.

Le ton de sa voix dut être suffisamment convaincant, car la jeune fille parut rassurée. Avec un sourire timide, elle confirma :

– Oui, je suis allemande, mais cela fait presque cinq ans que j'habite en France.

Sentant que le sujet était délicat, André choisit d'en changer :

– Qu'est-ce que tu fais dehors si tôt ?

– Je voulais voir le lever de soleil.

– Ah ben pour ça, c'est plutôt raté ! Avec le brouillard, c'était pas le bon jour.

– Avant, quand on partait en vacances à la montagne, mon père me réveillait le samedi pour m'emmener voir le lever de soleil. Parfois, même s'il y avait du brouillard dans la vallée, on pouvait l'apercevoir si on montait suffisamment haut… Quand on m'a dit qu'on m'envoyait à la Montagne, j'ai cru que ce serait pareil. Mais ici, tout est très différent.

– C'est sûr que si tu la compares aux Alpes, notre Montagne doit te paraître bien plate. Mais ici, ce qu'on appelle la Montagne, c'est la région qui s'étend du Velay au Haut-Vivarais. En fait, c'est plutôt un plateau, mais comme il est à mille mètres, le climat est montagnard.

Se rendant soudain compte que la jeune fille,

seulement vêtue d'une jupe et d'une légère veste en laine, grelottait dans la fraîcheur humide du matin, il conclut :

– D'ailleurs, tu ferais bien de t'en souvenir la prochaine fois. Ici, en avril, il fait plutôt frisquet à cette heure.

– Oui, je crois que je vais rentrer...

André, qui aurait bien voulu prolonger la conversation, se maudit d'avoir fait cette remarque stupide. Comme la jeune fille se relevait, il chercha à toute vitesse une idée pour la revoir.

– Mais si tu veux admirer le lever de soleil du haut d'une montagne, j'ai peut-être une solution, dit-il précipitamment.

Visiblement intéressée, Simone le regarda.

– Il y a le Lizieux, continua André encouragé, c'est pas trop loin, je pourrais t'emmener. De là-haut, tu le verras se lever, ton soleil !

Cette fois, il fut récompensé par un franc sourire. Se sentant rougir, il ajouta très vite :

– Il faudra partir tôt quand même, parce qu'il ne nous attendra pas.

– Ne t'inquiète pas, je serai prête.

Faisant brusquement volte-face, Simone s'éloigna en courant.

André la regarda disparaître dans une nappe de brume. Il n'aurait pas besoin d'attendre de grimper sur le Lizieux. Pour lui, le soleil s'était déjà levé.

CHAPITRE VI

– Hé ! Pas si vite ! Où vas-tu donc comme ça ?

Freiné dans son élan, André se retourna à contrecœur pour faire face à son père. Il avait prévu ce soir-là de se rendre à la ferme des Argaud, et si possible bien sûr de parler à Simone pour arranger une expédition au Lizieux. Le lendemain était un dimanche, et c'était le jour idéal pour une telle randonnée. S'il empruntait le vieux vélo de son père, il aurait juste le temps d'être de retour pour accompagner la famille au culte du Chambon.

Depuis le samedi précédent, il attendait cette journée, et il n'avait aucune envie de remettre cette balade à plus tard, même si, contrairement à ce qu'il avait craint, la semaine avait passé très vite.

En effet, le lundi, son père avait décidé qu'il était temps de planter les pommes de terre. Il avait donc fallu labourer et préparer le sol, et tous les bras un peu musclés de la famille avaient été réquisitionnés. C'était un travail exténuant qui s'était ajouté à la traite des vaches et aux différentes corvées dont André avait la charge. Après cela, le soir, il avait été tellement fatigué qu'il en aurait presque regretté la proposition faite à Daniel. Alors qu'il aurait aimé se reposer, il avait encore dû courir à droite et à gauche pour faire le facteur. Bien sûr, avec tant d'occupations, il n'avait pas eu l'occasion de rencontrer Simone, et il se demandait si finalement son idée avait été la bonne.

Du côté de l'école, cela avait été tout aussi frustrant. Comme d'un commun accord, Simone et lui n'avaient fait aucune tentative pour se parler, et André avait dû se contenter d'observer sa Rebecca de loin.

Aussi, ce soir-là, il s'était débrouillé pour se libérer un peu plus tôt, pour avoir une chance de la voir.

Et voilà que son père menaçait de ruiner tous ses efforts !

– Je vais chez les Argaud...

André vit son père froncer les sourcils. Bien qu'il soit seulement dans la force de l'âge, son visage marqué par la vie au grand air et ses cheveux grisonnants le faisaient paraître plus âgé qu'il n'était réellement. André l'avait vu vieillir brutalement la nuit où sa femme était morte. En quelques heures, ses rides s'étaient creusées et sa chevelure sombre avait blanchi. Avec le départ de celle qui apportait, malgré des conditions de vie pénibles, joie et douceur au foyer, une page s'était tournée. Veuf avec sept enfants à charge, son père s'était durci. Non par nature, mais par nécessité. Le peu qu'il lui restait de tendresse, il le réservait à Jeannine, qui avait si bien pris la maison en charge, et à Lucie, dont le charme innocent lui rappelait sa femme bien-aimée.

– Si tu as du temps à perdre, j'ai de quoi t'occuper.

André se retint de répondre immédiatement. S'il se laissait aller, il détruirait l'infime chance qu'il avait d'obtenir une permission.

– J'ai tout terminé, dit-il finalement. Il faut vraiment que j'y aille, je dois voir Daniel.

– Ah oui ? Et pourquoi donc ?

André hésita un instant. Il ne connaissait pas l'opinion de son père sur ce qui se passait au Chambon et dans les environs. C'était un homme secret, plus renfermé que jamais depuis son veuvage. Ne sachant quoi inventer, il choisit de dire la vérité :

– Je porte des messages pour lui, et parfois, aussi, j'accompagne des anciens testaments.

Il y eut un instant de silence. Puis, une lueur

d'émotion dans ses yeux bleus, son père marmonna sur un ton bourru :

– Ta mère aurait aimé ça.

Puis, comme gêné d'avoir évoqué le souvenir de sa femme, il se retourna brusquement pour se diriger vers la ferme.

Désorienté par cette réaction, André resta immobile. Il entendait rarement son père parler de sa mère, ce qui ne l'empêchait pas de bien se souvenir d'elle. Il la revoyait le soir au coin du feu, en train de lire sa Bible. Il l'entendait encore commenter avec flamme les sermons de M. Perrin lors des repas du dimanche et s'exclamer qu'ils avaient de la chance, au Chambon-sur-Lignon, d'avoir « hérité » d'un tel pasteur.

Oui, son père avait raison, elle aurait été heureuse de savoir qu'il jouait un petit rôle pour aider ceux qu'elle considérait comme appartenant au peuple de Dieu.

Revenant soudain au présent, André vit le soleil baisser à l'horizon et se rendit compte qu'il ne devait pas tarder davantage. À fond de train, il s'engagea sur le chemin qui menait à la ferme de ses voisins.

Lorsqu'il arriva enfin, il aperçut Simone en train de ramasser du linge derrière l'étable. Y voyant un signe de bon augure, il s'approcha d'elle.

– Salut !

– Salut, répondit-elle en se retournant.

Elle avait dû l'entendre arriver, car elle ne paraissait pas surprise.

– Alors, ça te dirait de grimper sur le Lizieux demain ?

– Oui, j'aimerais ça, répondit-elle d'une voix douce.

– Tu crois que tu pourras te réveiller à quatre heures ?

– Je serai prête.

Elle plia un torchon avec soin, et elle ajouta :

– Tu sais, je dors très mal depuis… depuis…

L'émotion l'empêcha de continuer. Il y eut une pause embarrassée, puis, soudain, elle releva la tête et reprit :

– … Alors, chaque fois que l'horloge sonne les heures, je me réveille en sursaut.

Comme si elle avait peur qu'il change d'avis, elle conclut rapidement :

– Ne t'inquiète pas, je serai à l'heure.

André ne s'inquiétait pas, au contraire, il était ravi. Mais ne sachant comment le dire, il se contenta de la saluer et de partir à la recherche de Daniel. Demain, il aurait tout le temps de lui parler. Demain, il serait seul avec elle…

CHAPITRE VII

Elle n'était pas en retard.

Postée à l'entrée de la ferme, elle l'attendait déjà. La lune était pleine, et il avait vu d'assez loin sa silhouette se détacher sur le mur de pierre claire.

– Tu es à l'heure, constata-t-il en faisant couiner les freins de son vélo pour s'arrêter.

– Je te l'avais dit, lui répondit-elle simplement.

D'un regard circonspect, elle observait le porte-bagages.

– Je ne savais pas qu'on irait à vélo… remarqua-t-elle, hésitante.

– C'est pour gagner du temps, sinon, il aurait fallu se lever encore plus tôt.

Il y eut une pause.

– C'est là-dessus que je dois monter ? reprit-elle enfin en désignant le support métallique fixé à l'arrière.

– À moins que tu ne préfères la barre transversale.

L'un comme l'autre allait très bien à André.

Dans le premier cas, il faudrait qu'elle s'accroche à sa taille pour ne pas tomber, et dans le deuxième, c'est lui qui la serrerait entre ses bras.

Simone ne répondit pas, mais s'assit en amazone sur le porte-bagages. Sans qu'il ait à lui dire quoi que ce soit, elle coinça sa jupe entre ses jambes pour qu'elle ne se prenne pas dans les rayons de la bicyclette.

– Accroche-toi bien à moi, précisa André, vu l'état des routes et des chemins, ça va secouer.

Deux mains blanches se refermèrent timidement autour de sa taille. Satisfait, il appuya sur les pédales.

– C'est parti ! Prochain arrêt, le Lizieux !

C'était étrange et un peu inquiétant que de pédaler dans la nuit, juste éclairés par la lune et les étoiles. Le ruban d'asphalte qui se déroulait devant eux disparaissait régulièrement, à chaque tournant et dénivellation, et ne réapparaissait qu'au dernier moment, avant de se noyer de nouveau dans l'obscurité. Dans le silence qui les entourait, on entendait avec acuité le grincement du vieux pédalier, et ce bruit familier résonnait soudain de manière bizarrement sinistre. Les silhouettes sombres des grands sapins qui bordaient la route n'étaient pas d'une compagnie très rassurante non plus. Selon les humeurs du vent, elles ondulaient lentement de droite à gauche puis de gauche à droite, donnant au paysage une allure fantasmagorique.

S'il avait été seul, André n'aurait pas fait le fier, mais cette nuit-là il se sentait invincible.

Derrière lui, Simone ne disait rien. Elle se contentait de resserrer sa prise dans les tournants et les descentes, ou quand les alentours se faisaient plus menaçants.

La visibilité limitée avait beau obliger André à ralentir souvent l'allure, les kilomètres défilaient. Le souffle court, il attaqua bientôt la dernière côte.

Même s'il avait l'habitude de faire la montée qui menait du Chambon à La Suchère, il n'était pas mécontent d'arriver. À deux sur le vélo, il fallait appuyer fort sur les pédales pour avancer, et ses muscles commençaient à fatiguer.

Enfin, il posa un pied à terre.

– Ça y est, nous sommes arrivés.

D'un bond souple, Simone descendit du porte-bagages. La nuit était déjà moins sombre, et les étoiles pâlissaient dans un ciel où glissaient quelques nuages.

– Il faut se dépêcher, lança-t-elle, sinon, on va le manquer !

André, qui venait de coucher le vélo dans les

fougères, ne put que constater qu'elle disparaissait déjà au détour du chemin qui montait en serpentant. Encore essoufflé, il se dépêcha de lui emboîter le pas.

– Attends un peu ! trouva-t-il la force de crier. On voit bien que c'était pas toi qui pédalais !

Un rire léger lui répondit. Il réalisa alors que c'était la première fois qu'il l'entendait rire, et il se sentit heureux. Il en oublia ses courbatures et la rejoignit en courant.

La jeune fille s'était retournée. André voulut l'entendre rire encore.

– Au retour, c'est toi qui pédales et moi qui monte sur le porte-bagages !

Son souhait fut comblé. Le rire de Simone s'éleva de nouveau, et le garçon sentit battre son cœur tandis qu'un sentiment de fierté l'envahissait.

– Je ne crois pas que ça marcherait, pouffa-t-elle, je ne sais pas faire de vélo !

– Alors je t'apprendrai, mais peut-être pas aujourd'hui. On a déjà assez de pain sur la planche, déclara-t-il en souriant. Allez, viens, tu as raison, il faut se dépêcher.

Le chemin qui menait au sommet était parsemé de pierres volcaniques qui roulaient et sonnaient sous leurs pas. Dans la lueur de l'aube naissante, la silhouette des genêts et des arbustes se découpait de plus en plus nettement. Sans s'être concertés, ils firent l'ascension de l'ancien volcan en silence, afin d'économiser leur souffle. Ils avançaient vite, moitié marchant, moitié courant, car ils avaient conscience que le jour gagnait, minute après minute, son combat contre la nuit.

Lorsqu'ils atteignirent le sommet, trois quarts d'heure plus tard, ils étaient en nage, mais ils avaient gagné la course. Au loin, à l'est, le ciel virait déjà au bleu pâle, mais les lueurs de l'aurore n'avaient pas encore coloré l'horizon.

Se laissant tomber sur une pierre, Simone et André reprirent leur souffle.

– Eh bien, cette fois, j'ai chaud ! s'exclama la jeune fille en faisant passer son pull beige par-dessus sa tête.

André la contempla. Elle était vêtue d'une blouse blanche et d'une jupe marron. Ces couleurs ternes n'étaient guère flatteuses. Pourtant, avec ses yeux verts qui pétillaient, ses joues rosies par l'effort et sa chevelure flamboyante qui retombait sur ses épaules, il la trouvait magnifique.

Le regard fixé au loin, elle scrutait l'horizon qui déjà blanchissait. Ce n'était maintenant plus qu'une question de secondes. André sentait le corps de Simone tendu par l'attente. Il réalisa soudain que ses pensées l'avaient transportée à des kilomètres de lui, et il se demanda pourquoi un simple lever de soleil revêtait une telle importance pour elle.

Puis le spectacle commença.

Les quelques nuages qui s'étiraient lentement dans le ciel furent les premiers à se parer d'un camaïeu de roses, mais, très vite, tout l'est prit feu. Les rayons du soleil traversaient maintenant les voiles cotonneux et striaient le levant de toute une palette de pourpres, d'ors et de topazes.

À son tour saisi par le tableau, André retint sa respiration. À vrai dire, pour lui, c'était la première fois.

Un peu plus bas, sur le Plateau, le paysage reprenait les couleurs que la nuit lui avait dérobées, l'espace de quelques heures. L'obscurité avait depuis longtemps déserté les lieux, n'abandonnant derrière elle que les ombres d'arbres et de collines.

– Il me disait que tant que le soleil se lèverait sur la terre il serait avec moi.

La phrase, à peine murmurée, était quand même parvenue aux oreilles d'André. Il n'eut pas besoin de lui poser la question pour savoir qu'elle parlait de son père. Instinctivement, il prit la main délicate qui, à quelques centimètres de la sienne, se crispait sur la pierre.

– Il disait aussi que lorsqu'on voit un tel spectacle on ne peut douter que la lumière l'emporte toujours sur la nuit… Qu'il suffit d'être patient…

Le silence retomba. Pendant les minutes qui suivirent, ils furent captivés par la scène qui se jouait devant eux.

Puis André, dévoré de curiosité, ne put se retenir de demander :

– Et maintenant, il est où, ton père ?

Sans détacher son regard de l'horizon, Simone répondit :

– J'en sais rien.

L'émotion faisait trembler sa voix et accentuait son accent. Elle respira à fond, comme si elle allait plonger, puis, les yeux toujours tournés vers l'est, elle reprit :

– Un matin, à Paris, la Gestapo est venue et l'a emmené. Moi, j'avais passé la nuit chez une copine. C'était la première fois, depuis qu'on était en France, que quelqu'un m'invitait. J'étais tellement heureuse ! Je pouvais presque croire que j'étais simplement une fille comme les autres ! Et puis quand je suis rentrée, l'appartement avait été saccagé et il n'y avait plus personne. Des voisins m'ont raconté ce qui était arrivé. Comme je ne savais plus quoi faire, je suis retournée chez mon amie. Ses parents, qui sont protestants, m'ont dit qu'ils allaient trouver une solution. Ils m'ont emmenée voir une dame qui aide les personnes dans ma situation, et, quelques jours plus tard, je débarquais au Chambon-sur-Lignon.

La main de Simone était maintenant glacée. Malgré ses efforts, André ne parvenait pas à la réchauffer.

Doucement, il demanda :

– Et ta mère ? Tu n'en parles jamais…

– Ma mère était infirmière. Une nuit, alors qu'on habitait encore Berlin et que j'étais toute petite, elle est sortie pour aller travailler à l'hôpital. Elle n'est jamais revenue. Son chemin a croisé celui d'un groupe de nazis qui pillaient une bijouterie de notre quartier. Ce qui s'est exactement passé, personne n'a jamais pu l'expliquer. La seule chose que je sais, c'est qu'on l'a retrouvée morte sur le trottoir le lendemain matin.

André était sans voix. Des histoires de ce type, on en entendait vaguement parler, mais pour la première fois il en mesurait toute l'horreur. Pour la première fois, cela touchait un proche, et cela changeait tout.

– Excuse-moi, parvint-il enfin à articuler, je ne voulais pas remuer tous ces souvenirs.

Simone tourna lentement la tête vers lui.

– Ne t'excuse pas. Cela me fait du bien de te le raconter. Parfois, j'ai l'impression d'étouffer... Même si les gens sont très gentils avec moi, je me sens si seule...

– Je serai là toutes les fois où tu voudras parler à quelqu'un, assura André, ému.

– Merci, répondit Simone. Et merci aussi pour ça...

D'un geste de la main, elle montra le soleil qui poursuivait sa course majestueuse.

– Oh ! de rien, dit-il, faussement modeste. Tu sais, il faut que je te l'avoue : ce n'est pas moi qui le fais se lever tous les matins !

Malgré elle, Simone sentit un sourire se dessiner sur ses lèvres.

– Peu importe ! Grâce à toi, j'ai pu le voir et me rappeler les paroles de mon père. Pour moi, c'est déjà beaucoup...

Retrouvant son sérieux, André ajouta :

– On reviendra, je te le promets... Et surtout, souviens-toi : désormais, tu n'es plus seule.

CHAPITRE VIII

– Dis, Dédé, on va voir la Galoche ?

– Non, j'ai pas le temps…

Le visage de Pierrot se rembrunit, et il donna un coup de pied dans un caillou qui traînait au bord de la route. La petite pierre s'en alla rouler sous les pas de leurs sœurs, sans qu'elles y prêtent attention. Les deux plus jeunes étaient tout absorbées par leur nouveau jeu, qui consistait à faire claquer leurs sabots sur le goudron en rythme avec la chanson apprise cet après-midi-là. Pour une fois, Marie donnait la main à Lucie et paraissait contente de son sort. Les bonbons à la menthe que Lucie avait si généreusement distribués à ses frères et sœurs n'y étaient certainement pas étrangers. Elle les avait reçus de Mme Renard, qui avait ainsi récompensé son travail et qui était, il fallait bien l'admettre, elle aussi sous le charme de la petite fille. Sans se poser de questions et comme à son habitude, Lucie avait aussitôt partagé son trésor avec ses aînés sur le chemin du retour.

Élisabeth, tout en s'appliquant à sucer le plus lentement possible sa pastille à la menthe, suivait ses cadettes et les rappelait à l'ordre lorsqu'elles s'écartaient du bord de la route.

Les deux garçons marchaient quelques pas derrière elles.

– T'es pas drôle depuis quelque temps, marmonna le plus jeune. On te voit plus.

– Je t'ai déjà expliqué pourquoi, répondit André distraitement.

À vrai dire, il avait déjà assez de sujets de préoccupation, sans avoir en plus à se soucier des reproches de son frère. Pour l'instant, son esprit était totalement accaparé par deux questions.

La première concernait sa Rebecca. Il l'avait certes revue plusieurs fois depuis l'ascension du Lizieux, mais jamais assez longtemps à son goût, et il cherchait un moyen d'organiser une nouvelle expédition.

La deuxième, beaucoup moins agréable, était liée à la conversation qu'il avait eue avec l'instituteur en sortant de classe. M. Renard n'avait pas mâché ses mots.

– Continue comme cela, et tu vas tout droit à la catastrophe, avait-il déclaré sèchement en lui rendant son devoir d'histoire.

C'est vrai que ces dernières semaines ses notes n'avaient pas été brillantes, mais entre les travaux de la ferme et ses courses pour Daniel, il ne lui restait pas beaucoup de temps pour étudier. Sans compter qu'en classe il avait le plus grand mal à se concentrer sur ce que disait le maître. Il avait beau faire des efforts, ses pensées et ses regards finissaient toujours par dériver vers la jeune fille à la superbe chevelure rousse. Les histoires d'amour de la Bible, qui lui avaient paru si étranges quand il était enfant, prenaient un sens nouveau. Il comprenait désormais la folie d'un David pour une Bethsabée ou celle d'un Samson pour une Dalila.

– Au fait, j'ai entendu ce que t'a dit le père Renard !

La voix de Pierrot interrompit de nouveau le cours de sa réflexion.

– Tu ne manques pas de culot, le sermonna André, ça ne te regardait pas !

– Pas plus que toi ça te regardait d'écouter les conversations du pasteur, rétorqua son cadet sans se laisser impressionner.

Comme, pour une fois, André ne trouvait rien à répondre, Pierrot reprit :

– Tu devrais faire attention, le certif, c'est dans moins d'un mois.

– Bah, de toute façon, avec les problèmes, ça ira…

– Moi, je te dis qu'il faudrait que tu apprennes les départements. Ça tombe toujours, les départements.

– Je t'ai déjà expliqué que je n'avais pas le temps !

– En tout cas, si tu le rates, je voudrais pas être à ta place. Le paternel sera furieux.

– Je l'aurai, je te dis ! Et puis parle un peu d'autres choses, ou, encore mieux, tais-toi, tu me saoules !

Vexé, Pierrot allongea le pas et rejoignit ses sœurs.

« Avec tout ça, pensa André, je n'ai toujours pas de plan pour revoir Rebecca. »

C'est son père qui, sans s'en douter, lui permit de trouver le prétexte idéal.

Comme les enfants arrivaient à la ferme, ils le virent enfourcher son vélo.

– Les garçons, leur lança-t-il, faut finir de repiquer les choux. Je dois partir chez le cousin de Villelonge. Une de ses vaches est en train de vêler et ça se passe mal, il a besoin d'un coup de main. Ne m'attendez pas pour manger. Je rentrerai tard.

André avait écouté ces paroles d'une oreille distraite, car, en voyant le vélo, il s'était soudain rappelé la promesse qu'il avait faite à Simone.

Le lendemain était un samedi, ce qui tombait fort

bien. L'après-midi, il n'y aurait pas école, et il y avait toutes les chances pour que son père, épuisé après une nuit de veille et de labeur, fasse la sieste. Il ne serait donc pas là pour le surveiller, et André pourrait bien disparaître deux bonnes heures sans que les autres s'en rendent compte. Il trouverait toujours une excuse plus tard pour justifier la lenteur de son travail.

Le soleil de ce jour de mai brillait avec ardeur. C'était la première journée vraiment chaude de l'année, et André pouvait presque sentir la sève monter dans les bourgeons des sapins, ormes et autres végétaux. L'odeur de la mousse des bois et de l'humus embaumait l'air qu'il respirait sur la petite route légèrement en pente. En apercevant la silhouette gracieuse de sa Rebecca qui avançait vers lui, André soupira de plaisir : il découvrait soudain à cet endroit des allures de paradis.

– Tu as pu venir, constata-t-il.

Ne l'ayant pas vue la veille lors de sa visite chez les Argaud, il s'était décidé à prendre le risque de lui faire passer un message le matin même, pendant la classe.

– Bien sûr ! Ils sont très gentils dans la famille.

Mme Argaud m'a même encouragée à respirer le bon air. Elle m'a dit que cela ne pouvait que me faire du bien, et que j'étais trop « gringalette » pour mon âge.

André n'osa pas faire de commentaires, mais en lui-même il était en franc désaccord avec sa voisine. Certes, comparée aux robustes filles Argaud, Simone pouvait paraître frêle, mais elle était loin d'être fragile. Comme il avait pu le constater lors de leur ascension record du Lizieux, elle dissimulait des ressources insoupçonnées !

Soudain embarrassé par son regard qui s'était attardé sur la jeune fille, André lança :

– Bon, on y va ?

Il releva le vélo qui était couché sur le bas-côté et le présenta à Simone.

– C'est haut ! s'écria-t-elle.

– Oui, c'est peut-être un peu grand pour toi, mais l'essentiel, c'est que tu touches les pédales.

Avec l'aide d'André, Simone réussit à grimper sur la selle. Heureusement qu'elle était chaussée de souliers, et non de sabots comme les enfants de paysans ! Elle ne paraissait pourtant pas rassurée.

– Je n'y arriverai jamais, gémit-elle.

– Mais si, ne regarde pas ta roue. Regarde la route devant toi.

Prodiguant conseils, encouragements et soutien, André la maintenait en équilibre et courait à ses côtés.

Petit à petit, la jeune fille gagna en assurance et appuya plus fermement sur les pédales. Assez vite, trop vite même au goût d'André, elle annonça :

– Bon, je crois que je suis prête à essayer toute seule.

– Tu es sûre ?

– Oui, oui ! affirma Simone, que l'excitation gagnait. On remonte, et je descends toute seule.

Quelques minutes plus tard, André la regarda s'élancer du haut de la route et prendre de plus en plus de vitesse. Elle filait maintenant à toute allure et il commença à s'inquiéter.

– Freine ! hurla-t-il. Freine !

Il se tut subitement, horrifié : freiner, il ne le lui avait pas appris ! Du moins, pas correctement, en utilisant le frein arrière en premier… et ce qu'il craignait arriva. Simone serra convulsivement la poignée de droite, la roue avant se bloqua et l'apprentie cycliste s'éleva dans les airs avant de terminer sa course sur le talus.

André se précipita à sa rescousse, terriblement inquiet. Il resta cependant un instant désemparé devant le spectacle qu'il découvrit : sa Rebecca, encore à moitié coincée sous le vélo, riait aux éclats. Avant qu'il n'ait eu le temps de parler, elle s'écria :

– C'était fantastique ! J'avais l'impression de voler.

– Ce n'était pas une impression, ton vol plané final était absolument remarquable, la taquina-t-il.

Puis il reprit, plus sérieusement :

– Tu ne t'es pas fait mal ?

– Non, ça va, peut-être un peu aux genoux, mais les fougères ont amorti ma chute.

Pleinement rassuré, André la dégagea du vélo, et se laissa tomber à côté d'elle.

Les yeux brillants, Simone bascula la tête en arrière pour voir la cime des sapins verts qui se détachaient sur le ciel bleu.

– « Heureux comme Dieu en France » ! C'est un dicton juif que répétait mon père. Quand il n'a plus eu le droit de travailler et qu'il a pris la décision de quitter Berlin, il me disait toujours : « Tu verras, nous serons heureux comme Dieu en France ! » Pour la première fois, je comprends ce qu'il voulait dire. Ici, je me sens en sécurité.

– Qu'est-ce qu'il faisait comme métier ?

– Il était professeur d'histoire à l'université, répondit fièrement Simone.

Elle marqua une courte pause, puis enchaîna avec amertume :

– Un jour, ils ont créé une loi qui interdisait aux Juifs d'enseigner, et il s'est retrouvé sans travail. Comme ça, juste parce qu'il était juif. Mais, bien sûr, tu ne peux pas comprendre.

– Alors là, tu te trompes, protesta André, je peux tout à fait comprendre !

Étonnée par la vivacité de sa réaction, Simone tourna la tête vers lui et vit que les traits de son visage s'étaient durcis.

– Ce que tu me décris, les anciens de la région le racontent aussi. À une époque, les protestants étaient persécutés. Eux non plus n'avaient pas le droit de faire le métier qu'ils voulaient, et beaucoup, comme toi et ton père, ont choisi de fuir. Sauf que pour mes ancêtres ce n'était pas possible. Ils étaient paysans, et un paysan sans sa terre, ce n'est plus rien. Alors ils sont restés, et ils ont tout subi : la torture, les enlèvements d'enfants, la prison à vie pour les femmes, la pendaison et les galères du roi pour les hommes… Tout ça à cause de leur foi. Souvent, ils ont dû plier, mais jamais dans leur cœur ils n'ont cédé. Quand les temples étaient détruits, ils se réunissaient dans la nature pour célébrer le culte. Ils appelaient ça le « désert », en souvenir de ce que ton peuple a vécu lorsqu'il errait lui aussi dans le désert… Pour continuer à lire la Bible alors que c'était interdit, ils ont appris à la cacher dans tous les endroits possibles et imaginables : derrière les briques brûlantes du foyer, ou même dans le chignon des femmes.

Se rendant compte qu'il se laissait emporter, André s'arrêta soudain. Les yeux grands ouverts, Simone l'avait écouté intensément.

– Je ne savais pas, avoua-t-elle, je croyais qu'il n'y avait que nous…

– Ici, on n'a rien oublié. Chaque fois que ma mère ouvrait la Bible à la maison, elle nous rappelait que c'était un privilège de le faire librement et sans danger. Et quand mon grand-père était encore en vie, il nous apprenait par cœur *La Cévenole*.

– *La Cévenole* ? Qu'est-ce que c'est ?

– C'est le chant des camisards, les protestants qui se sont battus contre les dragons du roi dans les Cévennes.

– Chante-le-moi !

– Ah non ! Je chante comme un sabot !

– Allez, juste le début…

Ne sachant lui résister, André grommela :

– O.K., mais ne viens pas te plaindre s'il se met à pleuvoir.

Il se racla la gorge et entonna :

– « Salut, montagnes bien-aimées, pays sacré de nos aïeux… »

Il n'alla pas plus loin. Sa voix le trahissait dans les aigus et il avait l'impression d'être un corbeau qui croasse. Il se sentit soudain si ridicule qu'il rit nerveusement. Cette fille lui faisait vraiment faire n'importe quoi !

– Ce n'est pas grave, dit-elle gentiment. Au moins, tu as essayé. Merci.

Puis elle se pencha vers lui et il sentit ses lèvres effleurer sa joue.

Pour un peu, il se serait remis à chanter…

CHAPITRE IX

André gardait la tête baissée, incapable de soutenir le regard bleu où la colère se mêlait à la déception.

– Et dire que je te faisais confiance ! gronda son père, la voix aussi coupante qu'un rasoir.

Les résultats du certificat d'études avaient été affichés un peu plus tôt dans la journée, et André avait dû faire face à la réalité. Malgré une excellente note en mathématiques, la dictée, l'histoire et la géographie avaient fait pencher sa moyenne du mauvais côté de la barre. Encore sous le choc, il avait attendu de se trouver seul dans la cuisine avec son père pour lui annoncer la mauvaise nouvelle.

Le soleil de cette magnifique journée de juin entrait par la porte et les fenêtres grandes ouvertes. Pourtant, la fraîcheur régnait encore dans la pièce, les épais murs de pierre n'en finissant pas de dégager la froidure accumulée au cours d'un hiver rigoureux et d'un printemps finalement bien timide.

André ferma les yeux et frissonna. Il savait déjà ce que son père allait lui dire, mais cela ne rendait pas pour autant les choses plus faciles à entendre.

– Tu savais combien je comptais sur toi pour les travaux, cet hiver.

Le paysan se dirigea vers la fenêtre et regarda les poules qui caquetaient en se dandinant dans la cour. Puis, brusquement, il se retourna.

– Sept bouches à nourrir, ce n'est pas rien ! rugit-il. Moi, je n'avais pas sept ans que tes grands-parents m'avaient déjà placé comme aide dans une ferme pour économiser des frais. Et c'était pourtant pas des mauvaises gens… Seulement, quand la terre est rude et qu'on est douze à manger, il faut bien survivre.

Il se rapprocha et frappa du poing sur la table.

– Alors, moi qui ai appris à lire tout seul dans les Évangiles en gardant mes vaches, je me suis juré que tous mes enfants auraient leur certificat d'études ! Mais je n'aurais jamais imaginé que j'engendrerais un fainéant !

Le mot claqua comme un coup de fouet et André se cabra.

– Je ne suis pas un fainéant !

– C'est pas ce que dit monsieur l'instituteur ! rétorqua son père. La dernière fois que je l'ai rencontré, au marché, il m'a assuré que tu serais reçu à l'examen sans difficulté, à condition de fournir un minimum de travail. Mais visiblement, même le minimum, c'est déjà trop pour toi !

– Je n'avais pas le temps, protesta André.

– Oui, eh bien, du temps, je vais t'en trouver, lâcha son père. Dorénavant, plus question de courir à droite et à gauche pour porter des messages. Ni pendant les vacances ni pendant la prochaine année scolaire.

– Mais, papa, c'est la guerre ! Il y a quand même…

– Tais-toi ! tonna le paysan. La guerre, c'est une affaire d'hommes. Moi, à quatorze ans, cela faisait belle lurette que j'étais un homme. Mais toi, tu n'as pas tenu tes engagements, et tu vas encore passer tout un hiver à te chauffer près d'un poêle, les fesses posées sur un banc, pendant que ton père se tue à la tâche. Et ça, ce n'est pas digne d'un homme…

– Mais je m'en fiche, du certificat d'études ! Je n'ai qu'à arrêter l'école !

– Oui, mais moi je ne m'en fiche pas, et ta mère ne s'en fichait pas non plus. Alors tu retourneras à l'école l'année prochaine pour le décrocher, ce certificat d'études. Et avec les honneurs en plus ! Histoire d'avoir moins honte…

André était atterré. Non seulement il allait devoir faire faux bond à Daniel et à son réseau, alors que les besoins s'intensifiaient chaque jour, mais en plus il ne pourrait plus voir sa Rebecca. Sans école et sans visite aux Argaud, plus moyen de la contacter de tout l'été ! Pour la première fois, il se rendit compte que le secret dans lequel il maintenait sa relation avec Simone posait de sérieux problèmes. Seul point positif de cette année d'études supplémentaire : il était assuré de la retrouver à la rentrée prochaine. Mais en attendant, tenir un été entier sans la voir lui semblait tout simplement inconcevable. D'autre part, à qui aurait-il pu demander de l'aide ? Dans ce domaine, il ne faisait confiance à personne. Il n'avait que trop vu et entendu les autres enfants et adolescents tourner en dérision les « amoureux » qui avaient eu le malheur d'être découverts. À vrai dire, il avait même souvent fait partie du camp des moqueurs, et il savait qu'il ne supporterait pas ces railleries.

Brisant le fil de ses pensées, son père reprit la parole :

– À partir de maintenant, le sujet est clos et je ne veux plus en entendre parler. Les plants de pommes de terre ont besoin d'être butés, tu t'en chargeras.

Sans ajouter un mot, André le regarda sortir et se diriger vers l'étable.

À pas lents, il sortit à son tour et gagna la remise à outils. Il était habité par un mélange de culpabilité, de colère et de désespoir. Il en voulait à son instituteur d'avoir tenu de tels propos à son père. Et il en voulait à son père de ne pas comprendre qu'il se fichait pas mal du certificat d'études. Après tout, le fils Jouve ne l'avait jamais décroché, et c'était pas ça qui l'avait empêché de s'enrôler dans l'armée. Et puis aussi, André s'en voulait à lui-même d'avoir involontairement trahi la confiance paternelle. Il était bien placé pour savoir que, du lever au coucher du soleil, son père usait toutes ses forces à faire sortir de terre de quoi assurer la subsistance de ses enfants.

André saisit la binette et prit la direction du champ de pommes de terre.

Au loin, ses sœurs étendaient des draps sur l'herbe. Après les avoir frottés, battus et rebattus au lavoir, elles comptaient sur le grand soleil pour les blanchir encore davantage.

Il aperçut bientôt les alignements de plants verts aux petites fleurs blanches qui attendaient qu'on vienne les buter.

D'un geste sec, il abattit la binette dans la terre,

qu'il remonta en petits tas autour de la base des plants. Il n'avait pas besoin de regarder le champ pour savoir qu'il lui faudrait des heures pour en venir à bout. D'ici là, il aurait le dos cassé en deux et les bras douloureux. Heureusement, ses mains calleuses ne seraient pas couvertes d'ampoules comme la première fois qu'il avait «hérité» de ce travail.

Il repensa alors à son père et comprit soudain que cette lutte quotidienne qu'il fallait mener contre la terre ne se contentait pas de vous donner des cals aux mains. À chaque coup de binette, le cœur aussi s'endurcissait.

CHAPITRE X

André vécut ce mois de juillet 1942 comme une pénible traversée du désert. Il n'en garda que le vague souvenir de longues journées de travail auxquelles succédaient de nouveau de longues journées de travail.

Le pire avait été les fenaisons. Pendant que son père menait la faucheuse tirée par deux vaches, il avait sué sang et eau à faucher à la main les endroits inaccessibles à l'attelage. Puis il avait fallu étendre l'herbe au râteau pour la faire sécher. Une fois l'herbe devenue foin, son père et lui s'étaient éreintés à le ramener en tas pour le charger dans la charrue, et enfin, à grands coups de fourche, ils l'avaient fait voltiger dans la grange située au-dessus de l'étable.

Malgré cette activité incessante, tout le sel de la vie lui semblait avoir disparu. Et, excepté les quelques instants où il se repassait en mémoire ses rendez-vous avec sa Rebecca, il s'ennuyait à mourir.

Le seul fait marquant du mois avait été sa rencontre avec Daniel après le culte, un dimanche de la mi-juillet.

– Dis, t'as entendu ce qu'il s'est passé à Paris cette semaine ? lui avait demandé Daniel.

– Bien sûr que non, avait-il répondu. En ce moment je suis tellement fatigué que je n'écoute même plus la T.S.F. le soir.

– Oui, eh bien, tu devrais ! Le 16 et le 17, ils ont fait une rafle gigantesque dans Paris. Presque treize mille Juifs ont été arrêtés en deux jours ! Des hommes, des femmes, et même des enfants. Ils les ont parqués comme des bêtes au Vélodrome d'hiver, puis ils ont séparé les enfants de leurs parents et les femmes de leurs maris. Ensuite, direct en déportation en Allemagne ! Cela a fait l'effet d'une bombe au collège Cévenol. Les plus âgés parlent même de manifester lors de la visite du secrétaire d'État à la Jeunesse.

– Mais qui a fait ça ? s'était écrié André horrifié. Les Allemands ?

– Penses-tu ! C'étaient des policiers français bien de chez nous ! De toute façon, on sait depuis longtemps qu'à Vichy et Berlin on travaille main dans la main.

– Heureusement qu'ici on est en zone libre !

– Ne te fais pas trop d'illusion, avait rétorqué

Daniel, le pasteur sait comment ces gens-là travaillent. Et l'autre jour, il nous a prévenus que les méthodes de la zone occupée ne tarderaient pas à être appliquées en zone libre. Nos pauvres réfugiés, il va falloir les protéger encore davantage !

À ces mots, le cœur d'André avait manqué un battement. Il avait toujours eu le sentiment que la guerre n'atteindrait jamais le Chambon-sur-Lignon. D'ailleurs, pour lui et sa famille, peu de choses avaient changé. Bien sûr, certains aliments, comme le sucre, le chocolat et le café, se faisaient rares, mais chez eux on était tellement pauvre qu'on n'en avait jamais eu beaucoup. Quant au reste, la ferme produisait suffisamment pour avoir toujours de quoi se nourrir. Ce n'était pas le luxe pendant la guerre, mais ça ne l'était pas non plus avant !

Non, ce n'était pas ce qui pouvait lui arriver qui l'inquiétait, mais bien plutôt le sort de Simone. Jusqu'à présent, il l'avait toujours cru en parfaite sécurité à La Suchère, mais les propos du pasteur venaient de faire jaillir un doute.

– Quel dommage que tu aies raté ton certif, reprit Daniel, on a plus que jamais besoin d'un coup de main !

Daniel avait bien essayé de parler au père d'André, mais ce dernier était resté inébranlable.

André haussa les épaules. Ce qui était fait était fait, il ne pouvait plus rien y changer.

– De toute façon, il faudrait un miracle pour que mon père change d'avis. Et avec les moissons qui arrivent, ça n'en prend pas la tournure.

– C'est vrai. D'ailleurs, j'ai entendu dire que c'est chez vous que commencent les liées[1].

– Oui, le paternel a été le premier à louer la batteuse cette année.

– Les voisins vont bientôt débarquer dans votre cour pour vous prêter main-forte.

– Oui, la moisson est belle cet été, heureusement qu'on sera nombreux pour la récolter. Et toi ? demanda André avec un soudain regain d'intérêt. Est-ce que tu viendras ?

– Bien sûr, je serai là avec mon père et Léon ! Mais ce n'est qu'un prêté pour un rendu, plaisanta Daniel, quelques jours après, c'est vous qui viendrez nous aider.

André pensa qu'il avait peu de chance de voir sa Rebecca à cette occasion. Le champ des Argaud était assez éloigné de leur ferme, et il ne croyait pas un

---

1. Journées pendant lesquelles on sépare les grains de la tige de céréale et lie les bottes de paille.

instant qu'elle se donnerait la peine de faire tout ce chemin pour lui. Au début des vacances, il avait espéré… il ne savait quoi… un message, un geste, une visite peut-être ? Mais elle n'avait pas donné signe de vie, et il en avait conclu qu'il ne lui manquait pas vraiment. Cela l'avait déçu sur le coup, puis, comme il était de tempérament persévérant, il s'était dit qu'il n'avait besoin que de quelques occasions de plus pour conquérir sa belle.

– Par contre, pour la batteuse, nous viendrons tous, précisa Daniel.

Tous. Le mot ramena aussitôt André à la conversation. Cependant, il ne voulut pas demander qui englobait ce « tous ». Cela aurait pu paraître suspect.

Tout le monde aimait ces journées de fêtes, quand, après les moissons, les paysans louaient la batteuse à tour de rôle. La location de cette machine coûtait cher, alors, pour aller plus vite, les fermiers travaillaient en équipe, un jour chez l'un, un jour chez l'autre. Il y avait tellement à faire que tous les bras étaient réquisitionnés. Mais c'était également une occasion unique et attendue de se retrouver et, pour les plus jeunes, de s'amuser ensemble dans la soirée.

Daniel avait dit « tous ».

Au fond de lui, André sentit l'espoir renaître.

CHAPITRE XI

Quand le soleil se leva sur La Suchère ce matin d'août, tout le monde, à l'exception du petit Louis, était déjà réveillé chez les Durand. Marie et Lucie n'avaient aucune raison de se lever si tôt, mais comme le lit-placard dans lequel elles dormaient s'ouvrait sur la cuisine, elles en avaient ouvert les portes à toute volée dès qu'elles avaient entendu du bruit dans la pièce. Comme elles étaient encore en chemise de nuit, elles se blottissaient à genoux sous leur couverture piquée, se contentant d'observer les va-et-vient par l'ouverture. Car même en plein été, les nuits étaient fraîches sur le Plateau, et les petites filles préféraient rester au chaud plutôt que de s'aventurer sur le sol de la cuisine recouvert de lauzes.

Jeannine et Élisabeth, qui partageaient le lit-placard voisin du leur, étaient habillées et finissaient leur bol de lait et leurs tartines. Pierrot et André, attablés à leurs côtés, profitaient de l'absence de leur père pour étaler de généreuses couches de beurre et de confiture sur le pain noir.

M. Durand était déjà sorti depuis un bon moment, afin de s'assurer que tout était prêt avant d'accueillir la batteuse. Pour un métayer comme lui, qui devait payer un loyer pour ses terres, la location de cette machine représentait une lourde charge, et il ne pouvait se permettre qu'un incident quelconque vienne perturber le bon déroulement des opérations.

– Pierrot, André, vous exagérez, les gronda Jeannine. Si vous ne vous arrêtez pas, on n'aura plus rien à offrir à la briguée !

– C'est quoi une « briguée » ? demanda Lucie de sa voix haut perchée.

– Tu sais pas encore ça, toi ? se moqua Marie. Moi à ton âge…

– Une briguée, c'est le nom qu'on donne aux gens qui vont venir nous aider à battre le seigle, l'interrompit tranquillement Élisabeth.

– Ah ! Et ça fait beaucoup de gens ?

– Avec les enfants, il peut y avoir une bonne vingtaine de personnes, alors, tu vois, on va avoir du pain sur la planche pour nourrir tout ce monde à midi !

– Est-ce qu'il y aura du saucisson ? l'interrogea Pierrot la bouche pleine.

En ces temps difficiles où les produits alimentaires se faisaient rares, les paysans de la Montagne pouvaient se payer le luxe inouï de manger des aliments que beaucoup de citadins, même parmi les plus riches, ne pouvaient se procurer. Les fermiers, eux, n'avaient nul besoin de cartes de rationnement pour savourer beurre, lait frais ou œufs : leurs animaux leur fournissaient quotidiennement ces denrées rares. S'il fallait bien en vendre pour survivre, ils gardaient généralement quelques produits pour leur consommation familiale. Le saucisson et les cochonnailles, par contre, étaient réservés pour les jours de festivités.

– Oui, acquiesça Jeannine, je crois que l'occasion le vaut bien !

À ces mots, un cri de joie jaillit dans la cuisine. Du pain, du beurre et du saucisson, c'était vraiment la fête !

Même André, qui avait été plutôt maussade ces derniers temps, se laissait gagner par l'atmosphère festive qui régnait autour de lui. Il faut dire qu'il plaçait un espoir tout particulier dans cette journée au cours de laquelle « tous » les Argaud allaient venir.

La porte de la ferme s'ouvrit brusquement.

– Bon, il est temps d'y aller, déclara leur père dont

la silhouette se découpait à contre-jour sur le pas de la porte. Ils ne vont plus tarder.

Quelques instants plus tard, Marie et Lucie, enfin habillées, rejoignaient le reste de la famille dans la cour. Pour rien au monde elles n'auraient raté ça. Gambadant et sautillant, elles avancèrent le long du chemin qui menait à la route.

Elles n'eurent pas longtemps à attendre.

– La batteuse ! La batteuse !

– C'est moi qui l'ai vue en premier !

– Non, c'est pas vrai !

Pendant que les petites filles se disputaient, l'engin s'engagea sur le chemin. Bientôt, le chauffeur manœuvra pour garer la machine dans la cour, à proximité de la grange.

M. Durand l'aida à l'installer, et rapidement tout fut prêt.

Le cousin de Villelonge, venu donner un coup de main, choisit ce moment pour arriver, aussitôt suivi par d'autres, créant un joyeux brouhaha dans le calme du petit matin. Il ne manquait plus que les Argaud.

André trépignait d'impatience et gardait les yeux fixés sur le sentier qui traversait les bois et qui reliait les deux fermes.

Enfin, une tête rouquine apparut au détour d'un virage. Le benjamin de la famille déboucha du bois en courant. Quelques mètres derrière, le reste de la tribu suivait, plus posément.

Soudain, André s'arrêta de respirer. Au milieu de ces têtes poil de carotte, deux se détachaient du lot. La première, blonde, était celle de Mme Argaud et ne l'intéressait guère. La deuxième, aussi resplendissante à ses yeux que le lever de soleil, monopolisait toute son attention.

Un soupir de soulagement lui échappa et il reprit sa respiration.

Profitant de la confusion qui régnait alors que tout le monde se saluait et que les enfants criaient, déjà excités, il se dirigea vers Simone.

– Bonjour, dit-il d'une voix qu'il espérait détachée.

– Bonjour, répondit-elle sur le même ton.

Il y eut un silence. Gêné, André se tourna vers la ferme.

– Cela fait longtemps qu'on ne s'est pas vus, reprit-il enfin.

– Oui, cela fait longtemps, répéta-t-elle d'une voix indifférente.

De plus en plus embarrassé, André ne savait que dire. Quelque chose avait changé. Simone lui paraissait distante, comme si elle avait oublié les moments qu'ils avaient partagés.

Au moment où, de plus en plus mal à l'aise, il commençait à s'éloigner, il l'entendit dire tout bas :

– Moi, je t'avais cru.

Surpris, il fit volte-face.

– De quoi tu parles ?

D'un mouvement de tête soudain rageur, elle planta son regard dans le sien. Ses yeux verts étincelaient de colère et de souffrance mêlées.

– Tu m'avais dit que tu comprenais, qu'à cause de ce que tes ancêtres avaient vécu tu comprenais. Mais tu es pareil à tous les autres. Dès que tu as compris que j'étais juive, tu m'as laissée tomber ! Est-ce que, toi aussi, tu trouves que je pue ? Est-ce que, toi aussi, tu trouves que j'ai un nez de rapace ? À Paris, ils disaient que tous les malheurs du monde étaient notre faute, qu'on était un vrai fléau. Toi aussi, tu penses ça alors ?

Sidéré, André contemplait le visage de Simone rendu livide par l'émotion. Bien sûr, il avait entendu dire que des gens parlaient ainsi des Juifs, mais pas une fois de telles pensées ne lui avaient effleuré l'esprit. Comme tous les autres habitants du Plateau, Simone sentait le savon, le grand air et, en cette période, la paille fraîche. Quant à son petit nez droit,

André l'avait toujours trouvé plein de charme, tout comme sa cascade de taches de rousseur.

Il réussit à bafouiller :

– C'est pas vrai ! J'ai jamais cru ça !

– Ah oui ? Et pourquoi tu n'es plus venu d'un coup ? insista-t-elle. Ce n'est pas par hasard quand même !

– Non, ce n'est pas par hasard, répondit André qui retrouvait de l'assurance en réalisant que la colère de sa Rebecca était finalement une bonne nouvelle.

Car cette colère signifiait qu'elle avait attendu ses visites. Fort de cette constatation, il s'empressa de lui raconter sans plus attendre ce qui s'était passé.

– Je ne savais pas, dit Simone doucement. Personne ne m'a rien dit, et je n'ai rien osé demander.

C'était à son tour d'être embarrassée. Habituée au pire, elle l'avait jugé trop vite.

– C'est normal, on ne parle pas beaucoup ici, et encore moins des affaires des autres.

– Excuse-moi, souffla-t-elle.

Ravi et rassuré, André aurait été prêt à pardonner bien pire.

– Il n'y a pas de mal, dit-il. Je comprends.

Le bruit du moteur à essence de la batteuse rugit, coupant court à la conversation, ce qui les arrangea tous les deux. Ils se dépêchèrent de rejoindre les autres.

La briguée entrait maintenant en activité.

La grange, comme il était de coutume dans la région, était située au-dessus de l'étable. Daniel, campé devant la porte, était déjà en plein travail. Les manches de chemise retroussées, il saisissait les gerbes de seigle et les balançait sur le sol, quelque deux mètres cinquante plus bas. Là, un autre tranchait le lien de la gerbe avec son Opinel et écartait les tiges de céréale. Ensuite, une équipe passait celles-ci dans la machine, qui les battait et recrachait la paille d'un côté et de l'autre le précieux grain. Pour le récupérer, Pierrot tendait un sac de jute devant la gueule de la batteuse. Quand le sac était plein, deux hommes le soulevaient et allaient le vider dans le grenier, alors que Pierrot avait déjà commencé à en remplir un autre.

De l'autre côté de la machine, on ne s'ennuyait pas non plus ! Deux fermiers, le dos plié en deux, ramassaient la paille pour former des bottes qu'ils attachaient avec des liens. Ensuite, ces bottes circulaient de main en main le long de la rampe de terre qui menait à la grange, où elles étaient finalement soigneusement empilées.

– Où t'étais passé encore ? gronda M. Durand en voyant André revenir avec Simone.

Mais sans même attendre de réponse, il ordonna :

– Prends la *bouère*[1] et la charrette et va chercher les gerbes qui restent au champ.

Aussitôt, André se dirigea vers l'attelage de vaches déjà prêt à tirer le chariot de bois. Sans rien dire, sa Rebecca l'avait suivi. Il saisit un bâton armé d'une pointe à son extrémité et commença à crier et à piquer les vaches pour les faire avancer. L'instant d'après, l'attelage s'ébranlait vers les champs. À son côté, les deux adolescents avançaient à son rythme lent, tout en discutant à bâtons rompus.

1. Attelage de vaches en patois.

CHAPITRE XII

– Je vous ai vus hier…

Accroupis dans les sous-bois, un seau métallique à la main, les deux garçons se tenaient à côté l'un de l'autre. Ils cherchaient les petites baies bleu marine qui se cachaient sous de minuscules feuilles vertes. Pierrot, tout en feignant de s'intéresser à la branche qu'il tenait à la main, surveillait la réaction de son frère du coin de l'œil. Il avait chuchoté, mais il était sûr qu'André l'avait entendu.

Ce dernier ralentit sa cueillette, mais ne releva pas la tête

– Ah oui ? Et qui c'est donc, ce « vous » ? demanda-t-il calmement.

– Fais pas l'innocent, répliqua Pierrot, je vous ai vus partir tous les deux au champ, toi et la cousine des Argaud. Les autres ont pas remarqué parce qu'ils étaient trop occupés, mais moi, en attendant que le sac se remplisse, j'avais le temps de regarder autour !

Le soulagement envahit André. Qu'il était bête de

s'inquiéter! Son frère les avait vus partir ensemble, c'était tout ! Il n'avait rien pu voir d'autre, puisqu'il était de corvée de remplissage !

– Ce n'est pas la cousine des Argaud, je t'ai déjà dit ! Combien de fois faudra-t-il te le répéter ?

– Cousine ou pas, vous étiez tous les deux, comme des amoureux !

« Comme des amoureux »... Oui, ce devait être vrai. C'était arrivé sans qu'il le cherche et sans qu'il y soit préparé. Il n'en avait pas honte, aujourd'hui moins que jamais, mais il était gêné que son frère en parle. C'était son jardin secret, et ça ne regardait que lui.

Quand Simone et lui étaient arrivés au champ, il avait eu l'impression de la connaître depuis toujours. La confusion dont ils avaient été victimes, et l'explication qui en avait suivi, avait finalement servi à faire tomber les murs qui s'élevaient encore entre eux.

– Et maintenant, avait-elle dit en regardant autour d'elle, que dois-tu faire ?

Du doigt, il avait désigné une forme pointue constituée de gerbes dressées les unes contre les autres et qui ressemblait un peu à une tente d'Indien.

– Il faut charger le plongeon qui reste sur la charrette.

– Le plongeon ? Comme dans la mer ? avait-elle demandé en rigolant.

Il avait ri aussi avant d'expliquer :

– Pas vraiment ! Tu vois, quand la moissonneuse coupe le seigle, nous, on suit derrière. On le ramasse en gros bouquet et avec une poignée de paille, hop, on lie la gerbe. Après, on en assemble plusieurs en prenant soin de les faire tenir droites pour que la pluie glisse dessus sans pénétrer à l'intérieur : ça s'appelle une plongette. On en fait des dizaines, puis, quand elles sont sèches, on les regroupe, et ça forme ce qu'on appelle le plongeon.

Ensuite, Simone l'avait aidé à charger les gerbes sur la charrette. Mais rapidement ses muscles de citadine avaient demandé grâce. Alors, à l'aide d'un bâton, elle s'était mise à chasser les taons qui tournaient autour des vaches, pour éviter qu'elles ne se fassent piquer et qu'elles ne s'emballent.

Ils avaient parlé tout le temps. De leur vie avant de se connaître, des chansons de Rina Ketty et de Maurice Chevalier qu'on entendait à la T.S.F., de leurs mères trop vite disparues, et puis de ce qu'ils feraient une fois que la guerre serait terminée.

Au moment de repartir, Simone avait voulu l'aider à ramener la charrette. Alors André lui avait tendu la main pour l'aider à grimper, mais elle avait pris trop d'élan et ils avaient basculé dans les gerbes craquantes de seigle. Pendant une interminable minute, ils s'étaient retrouvés là, côte à côte, les yeux dans les yeux, les cheveux mêlés, tellement proches qu'André aurait pu compter une à une les innombrables taches de rousseur qui parsemaient le visage de Simone. Et, petit à petit, il avait vu ses joues s'empourprer. Elle avait le teint si clair qu'il lui était impossible de le cacher. L'instant d'après, elle s'était redressée et s'était exclamée, un peu gênée :

– Qu'est-ce que ça pique !

André s'était assis à son tour, tout aussi embarrassé de sentir brûler ses propres joues. Alors il s'était mis debout et, tout en saisissant une gerbe, il avait dit sans autre commentaire :

– C'est la paille.

Une nuée d'oiseaux venant du sud s'était alors posée à l'autre extrémité du champ pour picorer les quelques épis qui restaient au sol. Simone s'était étonnée de leur nombre, et cette diversion bienvenue leur avait permis de surmonter l'embarras du moment. André savait qu'il n'oublierait pas cet instant. La chaleur du soleil, la douceur de cette chevelure de feu contre sa joue, l'odeur de la paille et du grain, tout se mélangeait dans sa tête et resterait à jamais gravé dans sa mémoire.

Ce matin encore, dans la fraîcheur des sous-bois, avec l'air qui embaumait du parfum des myrtilles, il était plein de cette chaleur, de cette douceur, de cette odeur.

Du regard d'un scientifique qui étudie un animal dans un laboratoire, Pierrot observait les émotions qui se succédaient sur le visage de son frère. Il ne l'avait jamais vu réagir de la sorte, et son comportement le laissait perplexe.

– Oui, finit par lui répondre simplement André. Et alors ?

Pierrot, qui s'attendait à une réaction enflammée, fut encore plus dérouté.

– Qu'est-ce que tu lui trouves ? s'indigna-t-il enfin. Ce n'est qu'une fille ! Et même pas costaud en plus ! C'est les copains qui vont rigoler quand ils vont apprendre ça ! Dédé amoureux d'une citadine, c'est la meilleure !

Cette fois-ci, la réaction d'André ne se fit pas attendre.

– Tu dis un mot de tout ça, et je te jure que tu le regretteras ! le menaça-t-il froidement.

Pierrot, effrayé, recula d'un pas. Bien sûr, ils

se disputaient fréquemment, mais depuis toujours André avait veillé sur lui et l'avait défendu. Pour la première fois cependant, il sentait que son aîné pourrait utiliser sa supériorité physique non pour le protéger, mais pour s'en prendre à lui.

Et tout ça à cause de cette fille !

À ce moment-là, Lucie, qui s'était approchée, totalement inconsciente de la tension qui palpitait entre ses deux frères, s'écria fièrement en levant son seau bien haut :

– C'est moi qui ai ramassé le plus d'airelles !

Aussitôt, l'atmosphère changea. Infiniment soulagé de cette diversion, Pierrot rétorqua :

– Le maître a dit que c'étaient des myrtilles.

– Pourquoi il appelle les airelles « myrtilles » ? demanda innocemment sa petite sœur. Ici, tout le monde dit « airelles ».

– Parce que c'est le vrai nom, tiens ! Voilà pourquoi !

Comme Lucie s'apprêtait à argumenter, une voix retentit dans le lointain :

– André ! André !

Daniel arrivait en courant. André sentit un frisson d'inquiétude le parcourir. Daniel ne venait jamais le chercher comme ça, en criant son nom en pleine matinée. Il avait dû se passer quelque chose de grave, et depuis qu'il avait appris ce qui était arrivé en juillet au Vél' d'hiv', il craignait toujours un peu pour sa Rebecca.

Mais en voyant un grand sourire éclairer le visage du fils Argaud, il fut aussitôt rassuré.

– Il faut que tu viennes voir ça, articula son ami en reprenant son souffle. Aujourd'hui, le maréchal Pétain nous envoie son secrétaire d'État à la Jeunesse. Il s'appelle Lamirand et il vient visiter Le Chambon avec le préfet de la Haute-Loire.

– C'est quoi un «secrétaire d'État»? demanda la voix flûtée de Lucie.

Daniel s'agenouilla devant elle pour répondre très sérieusement:

– C'est une sorte de ministre, quelqu'un de très important.

– Un ministre au Chambon! s'exclama Pierrot. C'est incroyable!

Seul André ne se joignait pas à l'excitation générale. Morose, il finit par lancer:

– De toute façon, ministre ou roi, ça ne changera rien. Mon père ne voudra jamais me laisser y aller!

– Eh bien, c'est là que tu te trompes, mon vieux, répliqua Daniel, parce que ton père lève la punition pour la journée ! J'ai plaidé ta cause, et comme tout le monde a bien travaillé hier et que les moissons sont terminées, tu as quartier libre jusqu'à ce soir. La seule condition, c'est que tu aies rempli ton seau d'airelles.

La joie qui avait envahi André à l'annonce de cette grâce inespérée disparut aussi vite qu'elle était venue lorsqu'il contempla son seau à moitié vide. Il ne s'était guère pressé ce matin, et il lui faudrait au moins une heure encore pour finir sa cueillette.

– C'est fichu, gémit-il, le temps que je termine, le ministre sera déjà parti !

– Mais non, intervint Lucie, regarde tout ce que j'ai ramassé !

Toujours très fière, elle brandit son seau et vida presque tout son contenu dans celui de son frère.

– C'est vrai ? Tu me donnes tout ça ? demanda André incrédule.

– Ben oui, moi, je préfère ramasser des airelles plutôt que de voir un ministre. Les airelles au moins, on en fait de la confiture !

– Lucie, tu es un trésor ! s'exclama André en l'embrassant sur la joue. Je te revaudrai ça un jour !

– Et moi, je peux venir ? demanda alors timidement Pierrot. J'ai jamais vu de ministre moi non plus.

André regarda son frère et dit sèchement :

– Ah non ! Tu es trop jeune !

À son tour, Daniel prit la parole :

– C'est vrai que, d'après ce que je sais, ça pourrait mal tourner. Il vaut mieux que tu restes ici.

– Tu parles ! protesta Pierrot. J'ai seulement deux ans de moins qu'André.

– Je suis désolé, s'excusa Daniel, je ne peux pas prendre cette responsabilité. Une prochaine fois peut-être…

Comme Pierrot donnait un coup de pied rageur dans les buissons, Lucie s'approcha de lui et lui attrapa la main.

– C'est pas grave, tu sais. Allez, viens, on ira ramasser des myrtilles, dit-elle en prenant soin de bien articuler le dernier mot.

Cédant à la douce pression de sa sœur, Pierrot finit par se laisser entraîner.

De toute façon Daniel et André disparaissaient déjà dans les buissons.

Heureusement, la route qui menait de La Suchère au Chambon était principalement en descente. Pédalant de toutes leurs forces et sans hésiter à prendre des risques dans les virages, Daniel et André réussirent à atteindre la place du village au moment même où la voiture ministérielle arrivait.

Étrangement, il n'y avait presque personne dans les rues, les fenêtres étaient fermées, et il n'y avait ni fanfare ni banderole pour indiquer que d'importants personnages étaient en visite. Seules quelques officiels étaient présents pour les accueillir. Devant l'absence de participants, les invités furent vite conduits au camp Joubert, où une cérémonie devait avoir lieu. À voir la tête du préfet et du ministre, tous deux très élégamment habillés, il était clair qu'ils se demandaient dans quel trou ils étaient tombés !

– Le pasteur a fait passer un message pour demander aux gens de rester chez eux, souffla Daniel à André.

– Pourquoi ? chuchota celui-ci.

– Parce que les décisions que prend le gouvernement du maréchal Pétain à Vichy ne lui plaisent pas beaucoup !

Ils regrimpèrent sur leurs vélos et s'élancèrent à la suite du convoi.

Il y avait plus de monde au camp Joubert. C'était l'heure du banquet officiel, et toutes les personnalités du village étaient présentes. De loin, André aperçut le pasteur et son adjoint, le directeur du collège et le maire. Par les portes encore grandes ouvertes du bâtiment principal, ils constatèrent que, là non plus, on n'avait pas fait beaucoup d'efforts pour la décoration ! Il n'y avait aucune fleur et, d'après ce qu'avait dit Daniel, le menu n'allait être ni copieux ni gastronomique, ce qui correspondait d'ailleurs tout à fait au quotidien des Chambonnais !

Enfin, les portes se fermèrent, et Daniel déclara à son ami :

– Ne t'en fais pas ! Nous, on aura un menu de roi !

Il plongea la main dans sa musette et en sortit trois tranches de pain noir, quelques tranches de saucisson qui restaient de la veille et un fromage de chèvre.

Alors qu'ils festoyaient assis sur un tronc d'arbre, ils virent une jeune aide-cuisinière sortir par la porte de service. On avait dû l'envoyer dehors se calmer, car elle était en proie à un fou rire. Quand elle aperçut les garçons, elle courut les rejoindre.

– Si vous aviez vu ça, c'était trop drôle !

Les larmes aux yeux tellement elle riait, la jeune fille se força à respirer pour réussir à parler :

– Vous avez remarqué un peu comme ils étaient chics, ces beaux messieurs ! s'exclama-t-elle. Costumes et chaussures de cuir, et tout et tout… Eh bien, la fille du pasteur qui aidait pour le service a renversé une louche de soupe sur l'épaule de M. le ministre !

Ce fut les derniers mots qu'elle réussit à prononcer, le fou rire la reprenant aussitôt. Sans pouvoir s'arrêter, elle partit en courant.

Les garçons se regardèrent et se mirent à rire aussi. Sûr que cette visite allait être inoubliable pour le ministre !

Daniel, qui connaissait le programme de la journée, lança alors :

– Allons au terrain de sport, ils doivent s'y rendre après le repas.

Une fois sur place, ils trouvèrent des dizaines d'enfants et d'adolescents venus voir « comment c'était un ministre ». Quelques responsables de la jeunesse de la Haute-Loire les accompagnaient, mais il n'y avait toujours pas foule.

– Je me demande comment tout ça va finir, dit Daniel, les ministres n'aiment pas trop être traités avec autant d'indifférence. Pourtant, André, je t'assure que le pire reste à venir…

– Pourquoi tu dis ça ?

– Parce que j'ai mes sources, répondit le rouquin d'un ton mystérieux.

– Allez, raconte !

Sans un mot, Daniel sortit alors de sa poche une feuille de cahier d'école pliée en quatre. Avec un air de conspirateur, il la lui tendit en chuchotant :

– Ça, c'est de la dynamite !

André ouvrit le papier et commença à lire :

« Monsieur le secrétaire d'État,

Nous avons appris les scènes d'épouvante qui se sont déroulées il y a trois semaines à Paris, où la police française aux ordres de la puissance occupante a arrêté, dans leurs domiciles, toutes les familles juives de Paris pour les parquer au Vél' d'hiv'. Les pères ont été arrachés à leurs familles et déportés en Allemagne, les enfants arrachés à leurs mères qui subissaient le même sort que leurs maris. Sachant par expérience que les décrets de la puissance occupante sont, à bref délai, imposés à la France non occupée, où ils sont présentés comme des décisions spontanées du chef de l'État français, nous craignons que les mesures de déportation des Juifs ne soient bientôt appliquées en zone Sud.

Nous tenons à vous faire savoir qu'il y a parmi nous un certain nombre de Juifs. Or, nous ne faisons pas de différence entre Juifs et non-Juifs. C'est contraire à l'enseignement de l'Évangile.

Si nos camarades, dont la seule faute est d'être nés dans une autre religion, recevaient l'ordre de se laisser déporter ou même recenser, ils désobéiraient aux ordres reçus, et nous nous efforcerions de les cacher de notre mieux. »

– Qu'est-ce que c'est que cette lettre ? s'exclama André. Est-ce qu'elle a vraiment été envoyée ?

– Non, répondit Daniel, mais c'est encore mieux ! Dans quelques heures, on la donnera en mains propres au ministre et on lui demandera de la lire sur place.

– Tu plaisantes ?

– Pas du tout ! Rappelle-toi, je t'avais dit que les élèves du collège Cévenol préparaient quelque chose après ce qui s'était passé au Vél' d'hiv', eh bien voilà !

Alors qu'André écoutait Daniel, un mélange de sentiments divers l'envahit. D'une part, il avait peur, car il se rendait bien compte que ce genre de courrier ne resterait pas sans retour. D'autre part, son sang huguenot reconnaissait que ce qui était écrit était juste. Être persécuté à cause de sa religion était inacceptable. Trop de ses ancêtres étaient morts pour cette même raison. Juif ou protestant, le combat était le même.

Il replia la lettre et dit simplement :

– Les choses risquent de bouger au Chambon.

– Le pasteur a dit qu'il y avait un temps pour tout, ajouta Daniel, un temps pour se taire et un temps pour parler, un temps pour plier et un temps pour résister.

André ne répondit pas. Il pensait que la vie était étrange. Il avait rêvé d'aventures pendant des années, et lorsque celles-ci frappaient enfin à sa porte, voilà qu'il n'en avait plus envie. Depuis l'arrivée de Simone, les choses avaient changé, maintenant il appréciait sa vie telle qu'elle était. Lui qui pensait peu de temps avant que la guerre était sa chance, il rêvait de quiétude. D'autant plus que c'était sa Rebecca qui serait en danger, et qu'ici on savait mieux que personne ce que les persécutions signifiaient.

– Les voilà !

L'exclamation avait jailli du groupe d'enfants qui attendait sur le terrain et se précipita sur le ministre Lamirand. Visiblement, il était surpris de cet accueil aussi peu protocolaire. Lui qui était habitué aux grandes cérémonies officielles où le faste disputait la place au patriotisme, il se demandait ce qu'il faisait là, entouré de gosses en sabots de bois qui se bousculaient pour le voir.

Dérouté, mais faisant contre mauvaise fortune bon cœur, il déclara :

– Quelle charmante spontanéité !

Il renonça néanmoins au long discours qu'il avait préparé, pensant à juste titre que son jeune auditoire n'y serait guère sensible. Il se contenta donc de quelques mots de remerciements, et termina, comme c'était habituel sous le gouvernement de Vichy, en hurlant :

– Vive le maréchal Pétain !

Au lieu de reprendre son cri comme le voulait l'usage, la foule laissa planer un grand silence. Enfin, d'on ne sait où, une voix retentit :

– Vive Jésus-Christ !

Interloqué, le ministre se tourna vers le préfet. Celui-ci, rouge d'indignation, grommela entre ses dents :

– Je me demande bien ce que nous faisons ici ! Inutile de nous attarder, passons à la dernière partie du programme.

Les deux hommes repartirent donc, accompagnés du pasteur du Chambon et de quelques notables pour se rendre au temple protestant. Ils étaient censés assister à un culte qui devait clore la visite. Là encore, une mauvaise surprise les attendait :

comme ni M. Perrin ni son adjoint n'avaient voulu prêcher ce jour-là, on avait été obligé de faire venir un pasteur suisse.

– Ils ont l'air aussi à l'aise que des chiens dans un jeu de quilles, souffla Daniel à André entre deux cantiques.

Les garçons, qui avaient suivi le mouvement, se trouvaient au fond du temple et se penchaient pour voir le ministre faire semblant de chanter.

Mais le pire restait à venir.

Après un sermon proclamant qu'il valait mieux obéir à Dieu qu'aux hommes, ce fut enfin la sortie. Le ministre et le préfet, qui semblaient pressés de partir loin de ce pays, se retrouvèrent soudain face à un groupe de jeunes étudiants du collège Cévenol.

André frissonna en les voyant tendre une lettre à M. Lamirand.

– S'il vous plaît, monsieur le secrétaire d'État, dit l'un d'eux, nous tenons à ce que vous la lisiez immédiatement.

Sur le parvis du temple, une chorale de paroissiens choisit ce moment-là pour entonner *La Cévenole* à pleins poumons.

Le ministre soupira, et ouvrit l'enveloppe avec résignation. André le vit pâlir au fur et à mesure qu'il avançait dans sa lecture. Redoutant une explosion de colère, le garçon fut très surpris de l'entendre dire :

– Tout ça ne me regarde pas. Si vous avez des messages à faire parvenir au gouvernement, adressez-vous au préfet !

Ce dernier, furieux, se tourna vers le pasteur et gronda :

– Attention, monsieur le pasteur, vous semez la division en France !

Après quelques échanges vifs, le préfet annonça que d'ici peu il ferait recenser tous les Juifs du Chambon. Ce à quoi M. Perrin répondit avec force :

– Nous ignorons ce qu'est un Juif. Nous ne connaissons que des hommes.

– Continuez comme ça, rétorqua le préfet, et c'est vous que je ferai déporter !

Sur ces paroles redoutables, il rejoignit le ministre qui avait sagement préféré l'attendre dans la voiture. Tandis qu'il se penchait pour fermer la portière, le refrain de *La Cévenole* retentit dans les airs : « Esprit qui les fit vivre, anime leurs enfants, pour qu'ils sachent les suivre… »

CHAPITRE XIII

Après cette journée mémorable, tout le Chambon vécut en sursis. La population du village et des fermes alentour était maintenant au courant de ce qui s'était passé, et si quelques-uns élevaient la voix pour dénoncer la façon un peu trop ostentatoire dont on avait fait entrer le Chambon dans la Résistance, la grande majorité des gens soutenait inconditionnellement le pasteur.

Ce dernier, profondément convaincu de la justesse de sa position, restait inébranlable. Ni les menaces du préfet ni la fatigue qui s'accumulait sur ses épaules ne le faisaient changer de cap. Envers et contre tout, il utilisait son pouvoir pour mener toujours plus loin une résistance cent pour cent pacifique.

Le dimanche 23 juin 1940, alors que, la veille, le gouvernement français du maréchal Pétain avait signé l'armistice avec le IIIe Reich allemand, le pasteur Perrin, du haut de sa chaire, avait déclaré :

– Le devoir des chrétiens est de se battre avec les

armes de l'Esprit de Dieu. Si nos adversaires veulent nous forcer à faire des choses contraires aux ordres de l'Évangile, nous résisterons. Nous le ferons sans crainte, sans haine et sans orgueil.

Depuis, il restait fidèle à sa parole. Chaque jour, avec ses paroissiens, il résistait. Il résistait sans fusil ni canon. Il résistait avec le bouclier de la Foi et l'épée de l'Esprit, qui est, dans la Bible, le nom donné à la parole de Dieu. Il résistait en cachant tous ceux qui, désespérés, venaient frapper à la porte de son presbytère.

Beaucoup l'avaient rejoint dans son combat, mais à part lui nul ne savait qui faisait quoi. Il avait recruté et formé une dizaine de responsables, surtout des jeunes, et ceux-ci s'étaient à leur tour organisés pour créer leurs propres réseaux.

Daniel, qui comptait parmi ces responsables, avait été prévenu qu'il devait se tenir sur ses gardes. Pour être sûr d'avoir assez de messagers, il s'était décidé à aller chercher André.

– Dédé, je sais que je vais te demander de désobéir à ton père, avait-il dit, mais dans les prochains jours je risque d'avoir vraiment besoin de toi.

Un frisson d'excitation avait alors parcouru l'adolescent, qui avait répondu sans hésiter :

– Tu as entendu comme moi, l'autre jour… C'est le pasteur qui l'a dit : il faut obéir à Dieu plutôt qu'aux hommes !

– Oui, bon, ne me prends pas pour Dieu quand même, protesta Daniel en riant, ce serait un peu lourd pour mes épaules !

Puis, plus sérieusement il reprit :

– Il faudra aller vite ; je t'enverrai Léon avec le nom de trois fermes à prévenir. En ce moment, on s'entraîne à évacuer les gens dans les bois et on prépare des caches.

André avait regardé autour de lui, et un nouveau frisson d'excitation l'avait parcouru. Tout ce paysage si paisible, presque immobile, allait enfin s'animer.

– Quand les gendarmes seront là, il faudra faire vite, avait répété Daniel, ce sera une question de vie ou de mort.

Alors que le jeune homme commençait à s'éloigner, André avait posé la question qui lui tenait à cœur mais qu'il redoutait d'exprimer :

– Et les réfugiés qui sont chez vous, où seront-ils cachés ?

Daniel s'était retourné et avait répondu :

– Normalement, je ne devrais pas te le dire, mais j'avais justement pensé que tu serais content de les ravitailler en produits frais, quand ils seront cachés. Alors je vais te le confier : ils seront dans le souterrain du grand bois.

Puis il lui avait fait un clin d'œil, et il s'était éclipsé.

André avait senti le rouge lui monter aux joues. Finalement, Pierrot n'avait pas dû être le seul à remarquer son escapade avec Simone le jour des liées. Tant pis, Daniel était un ami et il lui faisait confiance. Et puis ainsi, il saurait au moins où retrouver sa Rebecca pendant la traque des gendarmes.

Sans oser se l'avouer franchement, il n'avait plus alors vécu que dans l'attente de cet événement.

Deux semaines plus tard, alors qu'épuisés par une journée de labour son frère et lui étaient montés se coucher, un bruit insolite tira André de son sommeil. Quelques secondes plus tard, un nouveau cliquetis le réveilla complètement et il comprit que quelqu'un lançait des cailloux contre la lucarne qui leur servait de fenêtre. Il alla l'ouvrir en deux bonds, et aperçut Léon trois mètres plus bas. Éclairée par les étoiles, sa tête rousse était facilement reconnaissable dans la clarté de la nuit d'été. D'un geste, André lui fit signe de l'attendre. Puis il se retourna, et vit Pierrot assis sur le lit qu'ils partageaient.

– C’est pour une urgence, chuchota André. Il ne faut rien dire.

– Où tu vas ?

– J’en sais rien encore, mais même si je le savais, je ne te le dirais pas !

– Eh bien, moi, je dirai tout au père !

– Fais ça, et je répète à tout le monde que tu n’es qu’un sale mouchard !

Mouchard. Ce mot entre tous était une insulte suprême dans ce pays de silence, et Pierrot frémit sous la menace. Refusant quand même de céder si vite, il insista :

– Je veux venir !

– Je t’ai déjà dit que tu étais trop jeune, objecta André en s’habillant.

– Tu vas encore aller voir cette fille, sinon tu m’emmènerais, affirma son frère d’une voix amère. Avant qu’elle n’arrive, je n’étais pas trop jeune. On était tout le temps ensemble !

Saisissant ses sabots, André grogna :

– Tu n’y es pas du tout, mais je n’ai pas le temps de t’expliquer.

Avant que Pierrot n’ait la possibilité de répliquer, il referma la porte derrière lui et descendit avec précaution l’escalier de bois qui menait à la cuisine.

Quelques marches craquèrent, mais personne ne se manifesta. La pièce minuscule où dormaient son père et Louis se trouvait heureusement à l'opposé de la cuisine, et ses sœurs, enfermées dans leurs lits-placards, avaient le sommeil profond. André et son frère avaient, eux, hérité du grenier, car il n'y avait pas d'autre endroit pour les coucher. L'hiver, sous le toit de lauzes mal isolé, il y faisait souvent glacial, mais en ces nuits d'été du Plateau, il y régnait une température plutôt agréable.

Il déverrouilla la porte d'entrée et, une seconde plus tard, il retrouvait Léon.

– Eh bien, toi, quand tu dors, tu dors ! Je t'entendais ronfler de l'extérieur ! râla son ami. Ça fait une heure que je jette des cailloux et que j'attends.

– On a labouré la moitié du champ aujourd'hui ! Je suis crevé ! Et puis d'abord je ne ronfle pas !

– Ça reste à voir ! Mais on en rediscutera plus tard. Daniel a dit de faire vite, alors crevé ou pas, t'as pas fini ta journée. Il faut que tu préviennes les Russier, les Jouve et les Brotte. Dépêche-toi, le pasteur a été convoqué à la mairie ce soir, et les gendarmes lui ont lancé un ultimatum : soit il dit où sont cachés les Juifs avant dimanche matin, soit c'est lui qu'ils embarquent.

– Tu plaisantes ! Ils ont pas le droit de faire ça ! s'exclama André, horrifié.

– Si tu crois qu'ils vont se gêner ! rétorqua Léon avec un reniflement méprisant. En tout cas, les consignes sont claires et tous les responsables ont été prévenus : il faut cacher les réfugiés. Jamais le pasteur ne cédera.

Il n'y avait plus de temps à perdre. Les deux garçons se serrèrent la main et, sur ces paroles inquiétantes, ils partirent chacun de leur côté.

CHAPITRE XIV

Ce matin-là, lorsque la cloche du temple se mit à sonner pour annoncer le début du culte, le bâtiment était déjà plein à craquer. Pourtant, des paroissiens continuaient à arriver et constataient avec soulagement que le pasteur et son adjoint n'avaient pas été arrêtés.

Quand il n'y eut vraiment plus de place à l'intérieur, les fidèles se massèrent à l'extérieur, les portes à doubles battants ayant été laissées grandes ouvertes.

Après quelques cantiques chantés avec une ferveur inégalée, les deux pasteurs montèrent en chaire et M. Perrin, d'une voix que ni la peur ni le doute ne faisait trembler, déclara :

– Mes amis, en ce dimanche matin, je tiens une nouvelle fois à vous rappeler les paroles des apôtres Pierre et Jean, lorsque, au tribunal, les juges leur interdisaient de parler du Christ : « Il vaut mieux obéir à Dieu plutôt qu'aux hommes », répondirent-ils. Aucune menace n'a pu les faire taire.

Aujourd'hui, c'est à notre tour de résister. Nous savons ce qui est juste, et parce que c'était juste, nous avons accueilli l'innocent persécuté. Nous lui avons offert un refuge afin que son sang ne soit pas injustement versé. La menace, quelle qu'elle soit, n'y changera rien. Ce qui était juste hier au regard de Dieu l'est toujours aujourd'hui. Demain encore, s'il le faut, nous continuerons.

Malgré le peu d'heures de sommeil que lui avait accordé sa nuit agitée, André se sentait parfaitement réveillé. Comme ses voisins autour de lui, il vibrait aux paroles du pasteur. Aujourd'hui plus que jamais, elles prenaient une valeur exceptionnelle. Tous ceux qui se trouvaient dans le temple s'attendaient en effet à ce que les deux pasteurs soient arrêtés dans la journée, et chacun puisait dans ce sermon les forces dont il allait avoir besoin pour avancer seul sur la route qu'ils avaient tracée.

Après de douloureux adieux aux pasteurs, les paroissiens commencèrent à se disperser dans les rues alentour. Au fur et à mesure qu'ils s'éloignaient, leur étonnement grandissait. La police n'était visible nulle part.

Soudain, un jeune garçon déboula dans la rue qui menait au temple.

– Le chef de la police ! Le chef de la police ! criait-il.

Le directeur du collège arrêta le jeune garçon et lui demanda de s'expliquer. Reprenant son souffle, celui-ci s'exécuta :

– Le chef de la police a téléphoné au maire ce matin. Finalement, ce n'est pas aux pasteurs de donner les noms des Juifs, c'est eux qui doivent venir eux-mêmes se faire recenser à la mairie !

Saisis d'étonnement, les quelques personnes qui restaient se mirent à commenter la nouvelle.

– C'est pour ça qu'ils n'ont pas arrêté les pasteurs, disait l'un.

– Si ces imbéciles croient que nos réfugiés vont aller se jeter dans la gueule du loup, ils sont vraiment bien bêtes ! s'exclamait un autre.

Personne ne savait pourquoi les ordres avaient changé, mais on ne cherchait pas à comprendre. Les pasteurs ne risquaient plus rien et les réfugiés avaient déjà été cachés. C'était tout ce qui importait.

Dans les jours qui suivirent, on vit des gendarmes rôder dans la campagne. Certains ne cherchaient pas beaucoup et étaient visiblement très contents de ne rien découvrir. D'autres, un peu plus zélés, se trouvaient confrontés à des paysans qui prenaient leur air le plus niais pour répondre à leurs questions :

– Un Juif ? C'est comment, un Juif ?

Ou encore :

– Vous dites que les Juifs ont un grand nez crochu ? Ah bien, non, j'en ai pas vu des comme ça par ici ! Vous pensez, un nez crochu, je l'aurais remarqué !

Maintenant qu'il n'y avait plus de risque pour personne, l'humeur du pays s'était allégée d'un coup, et les histoires les plus rocambolesques circulaient sur le Plateau.

C'est l'une d'elles, particulièrement savoureuse, qu'André raconta un matin au petit groupe de réfugiés qu'il ravitaillait.

Le souterrain dans lequel ils étaient cachés n'en était pas à sa première utilisation. Avant eux, il avait abrité des dizaines de protestants et de pasteurs pendant les persécutions du XVIIIe siècle, et même quelques prêtres catholiques pendant la Révolution française.

Les yeux fixés sur sa Rebecca, André expliquait :

– Le gendarme voulait tout voir, dedans et dehors ! Il avait déjà fouillé la ferme, alors il s'est dirigé vers les W.-C. à l'extérieur. Malheureusement, le père Reboul avait « oublié » de le prévenir que la planche du milieu était vermoulue. Soudain, ils ont entendu un grand «crac» et puis un gros «plouf»! Je ne vous dis pas dans quel état ils l'ont sorti! Son bel uniforme bleu, on le reconnaissait même plus! Et puis l'odeur... Le fils Reboul raconte à tous ceux qui veulent l'entendre que même les cochons se sont enfuis au galop, et qu'il a dû aller les chercher jusque dans les bois!

Simone en pleurait de rire. À ses côtés se trouvait un couple de jeunes Autrichiens, un vieux monsieur français à l'allure très bourgeoise et une jeune femme hongroise enceinte de plusieurs mois. Ils ne parvenaient pas à rire comme Simone, mais un pâle sourire s'étirait sur certains visages.

André passait autant de temps que possible auprès de Simone. Nul ne trouvait aussi agréable que lui l'injonction du pasteur d'obéir à Dieu plutôt qu'aux hommes. S'il culpabilisait parfois un peu, il se disait que ce temps ne durerait pas toujours, et qu'il valait mieux en profiter.

Les autres réfugiés avaient bien vite compris de quoi il retournait entre les deux adolescents, et après avoir satisfait leur besoin de nouvelles « du dehors », ils se retiraient discrètement pour les laisser discuter en tête à tête.

Simone et André attendaient ces rencontres avec impatience, et la jeune fille, malgré sa situation précaire, ne pouvait s'empêcher d'être heureuse.

Un matin de septembre, André annonça, comme d'habitude, son arrivée en sifflant les premières mesures de *La Cévenole*. Avant même qu'il n'ait atteint l'entrée du souterrain, Simone avait soulevé les fougères qui dissimulaient l'ouverture et lui faisait de grands signes. S'enhardissant, elle sortit même à sa rencontre, sautillant de droite à gauche pour éviter les ronces des mûriers et les branches mortes. Ses cheveux flottaient dans les airs, et ses boucles auburn captaient et reflétaient chacun des rayons de lumière que filtraient les frondaisons des arbres.

Arrivés face à face, ils se sourirent sans dire un mot.

Puis, rebroussant chemin, elle se mit à marcher à ses côtés. Une racine plus proéminente que les autres se trouvait sur son chemin. Sa Rebecca avait-elle un peu trop l'esprit ailleurs ou s'y prit-elle délibérément les pieds ? André ne se posa la question que plus tard, lorsque, loin d'elle, il se repassa inlassablement la scène dans sa tête. Sur l'instant, il ne pensa qu'à tendre les bras pour la cueillir avant qu'elle ne tombe. Le visage enfoui dans sa chevelure de soie, la tête de Simone au creux de son épaule, il replongea avec bonheur dans ces secondes au goût sucré qu'il avait déjà savourées dans la charrette. Il la maintint ainsi bien plus longtemps que nécessaire sans qu'elle proteste. Et si un des réfugiés, pressé d'avoir des nouvelles, ne les avait appelés, il lui semblait qu'il aurait pu passer l'éternité ainsi.

Elle se dégagea alors doucement, et il éprouva la même désagréable sensation qu'il avait le matin quand le réveil faisait fuir des lambeaux de rêves.

– Pardon, murmura-t-elle.

– Pas grave, marmonna-t-il d'une voix enrouée.

Puis ils gagnèrent le souterrain. André fut aussitôt assailli de questions. Devant l'inquiétude de ces pauvres gens, il mit de côté les instants précieux qu'il venait de vivre pour s'exclamer d'un ton joyeux :

– Vous ne devinerez jamais ce qu'on a entendu à la B.B.C. hier !

– La guerre est finie ? suggéra avec espoir la jeune Hongroise.

– Hélas non, répondit André, mais à Londres ils disent qu'ils y travaillent.

Tout en parlant, il sortit de sa musette un bidon métallique contenant du lait, quelques œufs durs et une miche de pain.

– Alors, qu'est-ce que tu as entendu de si intéressant, jeune homme ? demanda le vieux monsieur français en commençant la distribution du pain.

– Eh bien, imaginez un peu qu'ils ont parlé du Chambon-sur-Lignon !

– À la B.B.C. ?

– Parfaitement ! Un certain Jean Marin a d'abord dénoncé tous ceux qui persécutaient les Juifs, puis il a fini en donnant en exemple les pasteurs et les différentes associations du Chambon qui, eux, leur viennent en aide !

Comme André s'étonnait encore qu'un si petit village perdu sur un plateau soit mentionné sur les ondes, le jeune Autrichien déclara :

– Moi, cela ne me surprend pas. Qui, à part les gens d'ici, a accepté de nous cacher ? Depuis des mois, nous n'avons plus d'argent, mais la famille qui nous héberge ne nous a rien demandé. Elle continue de nous offrir vivre et couvert comme si c'était la plus naturelle des choses.

Les autres réfugiés abondèrent dans son sens. Pour eux, le Chambon était une terre d'accueil inespérée après ce qu'ils avaient subi.

– Mais dis-nous, reprit le vieux monsieur français, les gendarmes, ils vont rester encore longtemps ?

– On n'en sait rien, mais certains pensent qu'ils vont bientôt partir, car ils ont tout fouillé et qu'ils n'ont rien trouvé. La plupart d'entre eux ont même hâte de s'en aller.

La conversation continua encore un moment, puis ce fut l'heure pour André de s'en aller. Comme sa Rebecca le raccompagnait vers la sortie du souterrain, il pivota vers elle et lui confia :

– Dans quelques jours, c'est la rentrée. Je ne pourrai plus rester aussi longtemps.

– Ce n'est pas grave, répondit-elle avec sérénité, bientôt, je serai à l'école aussi. En attendant, je penserai à toi.

Elle semblait si sûre d'elle qu'André lui sourit. Après un dernier geste de la main, il se retourna et disparut dans les bois.

Trois semaines après leur arrivée, les gendarmes reçurent l'ordre de rentrer à leur base. Malgré tout leur équipement motorisé, ils n'avaient trouvé personne et ils avaient découvert combien il était difficile de fouiller une telle région. La Montagne, avec ses terrains accidentés, permettaient de repérer les convois des kilomètres à l'avance. Et si, par hasard, on parvenait quand même à tromper les guetteurs, les chiens des fermes, en bons gardiens qu'ils étaient, interdisaient tout effet de surprise. Par leurs aboiements sonores, qui se répercutaient dans les collines, ils prévenaient à des kilomètres à la ronde de l'arrivée d'étrangers.

À cela, il fallait ajouter la nature particulièrement peu loquace de la population : personne ne savait rien, et pas un Chambonnais, quelles que soient ses opinions religieuses, n'était prêt à divulguer des informations. Les gendarmes s'étaient continuellement heurtés à ce mur du silence qui, par sa résistance sans faille, les avait forcés à repartir bredouilles.

CHAPITRE XV

Une soirée de septembre, peu de temps après le départ des gendarmes, les Durand entendirent frapper deux coups nets à la porte. Ils étaient encore attablés, et venaient juste de finir leurs bols de soupe aux choux et aux pommes de terre. Une visite si tardive était inhabituelle, mais n'avait, en temps normal, rien d'inquiétant. Cela pouvait être un voisin venu demander un service, ou le cousin de Villelonge qui avait envie d'avoir des nouvelles. Mais depuis les derniers événements, la méfiance s'était installée dans la région. En voyant des gendarmes fouiller leurs maisons, les paysans avaient soudain pris conscience des risques qu'ils couraient à protéger des Juifs. Si des gendarmes avaient été très corrects et même gênés, d'autres n'avaient pas hésité à montrer une certaine brutalité dans leurs interrogatoires et leurs recherches.

Le silence s'installa autour de la table, et M. Durand se leva lentement pour aller ouvrir.

Le soulagement et la surprise se mêlèrent sur les visages quand ils reconnurent la silhouette imposante du pasteur.

– Monsieur le pasteur ! Entrez donc !

– Si ça ne vous dérange pas, je préférerais que ce soit vous qui sortiez, M. Durand, et toi aussi, André, fit M. Perrin. Je dois vous parler.

En voyant le regard soupçonneux que lui jetait son père, André se sentit soudain très mal à l'aise. Il se leva à contrecœur et rejoignit les deux hommes à l'extérieur.

La soirée était déjà fraîche, et il frissonna sans savoir si c'était à cause du vent qui passait à travers sa chemise rapiécée ou parce qu'il redoutait ce qui allait se dire. Une fois la porte refermée, M. Durand prit la parole :

– J'espère que mon fils n'a rien fait de mal…

– Ce sera à lui de vous le dire et à vous de juger, mais avant toute chose, je tiens à vous rappeler que nous vivons une situation très particulière.

André vit les deux hommes se tourner vers lui. Dans le regard de l'un, il pouvait lire de l'encouragement, dans le regard de l'autre, la colère brillait déjà. Il baissa les yeux. De toute façon, il n'avait plus le choix.

– C'est vrai. Je t'ai désobéi, avoua-t-il à son père. J'ai recommencé à aider Daniel.

Puis il releva la tête, et se défendit avec emportement :

– Mais je n'ai fait que suivre les commandements du pasteur. Il a dit : « Il faut obéir à Dieu plutôt qu'aux hommes » !

Une gifle retentissante l'empêcha d'aller plus loin.

– Tais-toi ! lui ordonna son père, furieux de ce qu'il prenait pour de l'insolence.

André le connaissait assez pour savoir que seule la présence du pasteur le retenait de lui infliger une sérieuse correction. Dans une région, et une époque, où les enfants, même une fois adultes, continuaient à obéir à leurs parents, son comportement était inacceptable.

Comme le silence menaçait de s'éterniser, le pasteur intervint :

– Je suis désolé que tu m'aies mal compris, André. Ton père n'est pas ton ennemi et à aucun moment il ne t'a demandé d'agir contrairement aux Évangiles. Il est responsable de toi, et c'est à lui de décider ce que tu as le droit de faire ou pas. Utiliser Dieu pour justifier ta désobéissance n'était donc pas une bonne idée.

Il se tourna ensuite vers le père d'André.

– C'était pour une juste cause, M. Durand, et je fais appel à votre indulgence. André a contribué à venir en aide à des gens qui étaient en danger de mort. Et d'ailleurs, les événements de ces dernières semaines m'incitent à vous demander une faveur supplémentaire.

Comme le paysan ne disait toujours rien, M. Perrin poursuivit avec intensité :

– Les Allemands et le gouvernement de Vichy exercent toujours plus d'oppression sur la population juive, et les discours qui me parviennent sont affolants. Des innocents sont soumis à la torture, et de plus en plus souvent déportés en Allemagne dans des camps. De ces gens, il est ensuite impossible d'avoir la moindre nouvelle. Quand on connaît comme moi les idées nazies sur ce peuple, c'est effrayant.

Le pasteur respira à fond, visiblement ému encore des dernières conversations qu'il avait eues avec des réfugiés.

– Il faut faire tout ce qu'on peut pour aider les réfugiés, reprit-il enfin. Ils sont de plus en plus nombreux, et cela va devenir de plus en plus dangereux de les cacher. Nous avons besoin de garçons comme

André qui courent vite et qui connaissent tout le monde. Notre force à nous, elle ne se trouve pas dans la puissance des canons et dans la technologie, mais dans la foi en Dieu et dans le cœur des hommes.

André avait écouté le pasteur avec une telle attention qu'il en avait presque oublié la douleur qui émanait de sa joue encore brûlante.

Son père, avait dû lui aussi être touché par le plaidoyer, car il marmonna :

– Faudra voir, monsieur le pasteur, faut que j'y réfléchisse.

Sachant par expérience que le paysan n'en dirait pas plus pour l'instant, M. Perrin les salua et se dirigea vers son vélo, qu'il avait appuyé contre le mur de pierre. Avec un dernier geste de la main, et un sourire d'encouragement pour André, il s'éloigna dans la nuit.

André se retrouva seul avec son père. Après un long silence, ce dernier grogna :

– Tu as trahi ma confiance.

André n'essaya même pas de se défendre. Discuter n'aurait servi qu'à envenimer la situation.

Au bout d'un moment, il vit son père rentrer à l'intérieur et poussa un soupir de soulagement. Au moins, il avait échappé à la correction.

Quelques jours plus tard, son père lui annonça sèchement qu'il l'autorisait à reprendre ses activités de messager, à condition qu'il s'engage à décrocher le certificat d'études. Sans hésiter une seconde, André jura de réussir l'examen.

Revoir Simone n'était plus sa seule motivation. Pendant la traque des gendarmes, il s'était rendu compte du danger encouru par les réfugiés. Alors maintenant, s'il pouvait les aider, il le ferait, tout simplement.

Les travaux de la ferme allaient bientôt lui prendre moins de temps. Les pommes de terre avaient été arrachées à la fin de l'été et les labours étaient bien avancés. Une fois que les choux et les carottes seraient ramassés, il n'y aurait plus qu'à entasser le bois et à préparer des fagots pour avoir de quoi se chauffer pendant l'hiver.

Il aurait alors plus de temps pour étudier et puis, cette fois, il connaîtrait déjà le programme, ce serait plus facile. Heureusement d'ailleurs, car cette année il ne fallait pas qu'il compte sur l'aide de Pierrot. En apprenant qu'il avait l'autorisation de porter des messages, son frère s'était exclamé :

– C'est pas juste ! Le père ne change jamais d'avis ! Il dit toujours : « Que ton oui soit oui, que ton non soit non » ! Toi, tu es le chouchou !

– Ne dis pas n'importe quoi ! avait protesté André. Il s'agit de choses vraiment importantes !

– C'est ce que tu dis. Moi, ce que je vois, c'est que pendant que tu vas rendre visite à ta belle, nous, on a tout le travail !

Ce n'était pas vrai, bien entendu. Leur père n'aurait jamais pu, même s'il l'avait voulu, se passer des bras de son fils aîné. Mais la charge de travail de Pierrot avait pourtant augmenté, car André était désormais trop occupé pour l'aider comme il le faisait avant. Et Pierrot vivait ces nouveaux changements comme une profonde injustice.

La visite de Daniel, un mercredi soir de début novembre, ne fit rien pour arranger les choses. Le matin même, la première gelée avait blanchi le pays, donnant le signal de tuer le cochon à tous les chanceux qui en possédaient un.

Sachant que les Durand n'avaient pu, en ces temps difficiles, élever un porc et qu'il n'y avait pas école le lendemain, Daniel était venu demander si André pouvait venir les aider.

Bien sûr, la « tuaille », comme on l'appelait dans le coin, c'était du travail. Mais après le travail, il y avait tous les délicieux morceaux qu'on dégustait dans la soirée, et l'idée de savourer une queue de cochon grillée ou du boudin aux pommes faisait saliver toutes les bouches que la guerre affamait.

Daniel s'y était pris astucieusement en venant demander l'aide d'André. Au pays, un voisin qui demandait un coup de main, cela ne se refusait jamais. Aussi, bien que mécontent de voir son fils s'absenter, le père n'eut d'autre choix que de donner sa permission. La colère de Pierrot, qui se sentait une fois de plus mis à l'écart, éclata au moment du coucher. Fatigué et las de ces disputes, André fit la sourde oreille et ignora son cadet. Malgré la froideur que lui témoignait encore son père et les récriminations de Pierrot, il était heureux. Et quand il s'endormit ce soir-là, un léger sourire flottait sur ses lèvres.

Lorsqu'il arriva chez les Argaud le lendemain matin, on avait déjà égorgé et saigné le cochon. André s'en félicita, car il avait horreur d'entendre les cris aigus de la bête, qu'on attachait à la charrette pour l'immobiliser. En fils de la campagne, la vue du sang ne le dérangeait pas particulièrement. Les bêtes étaient élevées pour nourrir les gens et, en ces temps où manger devenait un luxe, la perspective de planter les dents dans un bon jambon faisait taire ses derniers scrupules.

Après avoir salué le père Argaud et ses fils qui se trouvaient dans la cour de terre battue, André se dirigea vers la porte de la ferme. Dans la cuisine, un feu brûlait dans l'âtre, et toutes les femmes et les filles de la maison s'activaient avec gaieté. Parmi elles, Simone, qui épluchait des pommes de terre, s'arrêta un instant pour lui sourire, puis reprit aussitôt sa tâche. Sur le Plateau, on n'aimait guère étaler ses sentiments, et on n'appréciait pas davantage que les autres le fassent. La ferveur, les protestants la réservaient pour le culte et l'intimité.

– Tiens, voilà Dédé ! s'exclama Mme Argaud, les joues rouges d'être restée devant le fourneau, en se tournant vers le garçon. Tu es bien brave de venir nous donner un coup de main, va !

À dire vrai, c'était plutôt les Argaud qui étaient braves d'avoir fait appel à lui. André savait bien qu'entre leurs nombreux enfants et les réfugiés qu'ils hébergeaient ils n'avaient pas vraiment besoin de lui.

– Tout va comme vous voulez par chez vous ? demanda-t-elle encore.

– On fait aller, répondit André, mais la récolte

de pommes de terre a été moins bonne que prévu, ça va être dur de tenir jusqu'au printemps.

– Ah bah, que veux-tu ! En cette période-ci, il n'y a pas grand-chose qui va !

Elle soupira, puis elle ajouta :

– Mais aujourd'hui, on va manger une bonne estouffe[1], et oublier le reste !

André vit la jeune Hongroise, dont le ventre s'arrondissait, éplucher des gousses d'ail que la femme autrichienne écrasait. Le condiment servirait ensuite à parfumer les pommes de terre, et une fois le tout bien assaisonné, on le ferait cuire tout doucement à l'étouffée en ajoutant de l'eau. Dans quelques heures, le plat ferait le délice de la tablée.

À l'extérieur, les hommes avaient commencé à découper le cochon.

Le vieux monsieur français et le réfugié autrichien observaient à distance, et ne semblaient pas vouloir s'approcher.

André arriva juste au moment où on emmenait les boyaux pour les laver. Aussitôt, il se porta volontaire pour cette tâche peu agréable et se dirigea vers l'abreuvoir avec la bassine. Comme il s'efforçait,

1. Plat traditionnel du Plateau, à base de pommes de terre.

malgré ses doigts engourdis par l'eau glacée, de rincer les boyaux qui serviraient ensuite à faire des saucisses et des saucissons, il vit Simone arriver vers lui. Elle portait un seau rempli de pommes de terre, tellement lourd qu'elle ployait sous son poids. Abandonnant sa tâche, André se précipita pour l'aider.

– Merci, dit-elle avec gratitude, j'ai proposé d'aller les laver, mais je ne pensais pas que ce serait si lourd.

– De rien, répondit-il avec un sourire. Quand on vit ici, on se fait vite des muscles.

Arrivés à l'abreuvoir, ils se mirent au travail.

– Alors, qu'est-ce que tu penses de ta première tuaille ? demanda André.

– Je me suis bouché les oreilles quand ils ont abattu cette pauvre bête, mais maintenant ça va mieux. En fait, j'aime bien quand on travaille tous ensemble. Dans ces moments-là, j'ai vraiment l'impression de faire partie de la famille.

À peine Simone avait-elle prononcé ces mots qu'elle se rembrunit.

– Qu'y a-t-il ? souffla André.

– Oh rien, fit-elle avec tristesse. C'est juste que quand je pense ou que je dis ce genre de choses, j'ai l'impression de trahir mon père. Parfois les gens sont si gentils avec moi que j'oublie petit à petit ma vie d'avant. C'est comme lorsqu'on est ensemble. Je suis parfois tellement heureuse que j'en ai honte. Je ne sais même pas où est mon père... Mais ce dont je suis sûre, c'est que là où il est il doit souffrir... Alors c'est terrible, dès que je suis joyeuse, je me sens coupable.

Embarrassé, André ne sut quoi répondre. Sa vie était tellement différente de celle de Simone !

Il choisit délibérément de changer de sujet :

– Daniel m'a dit que les Blanchard avaient décidé de partir.

« Blanchard », c'était le faux nom marqué sur les papiers du jeune couple autrichien.

– Oui, confirma Simone, ils veulent passer en Suisse. Ils sont convaincus que tôt ou tard les Allemands envahiront la zone libre aussi. Ils disent que Hitler ne se contente jamais d'une part d'un gâteau, même si c'est la plus grosse. Il lui en faut toujours plus.

– Moi, je suis sûr que la guerre finira aussi vite qu'elle a commencé. À la B.B.C., ils disent que maintenant que les Américains ont rejoint les forces alliées on va gagner.

– Oui, fit la jeune fille avec une moue dubitative, mais ça fait presque un an maintenant que les

États-Unis sont en guerre, et pour nous, ça n'a pas changé grand-chose.

– Et mes pommes de terre ? les interrompit la voix de Mme Argaud, C'est pour aujourd'hui ou pour demain ?

– Elles arrivent ! s'écria Simone, qui avait depuis longtemps fini de les laver.

Se penchant vers André qui s'apprêtait à l'aider, elle lui déclara :

– Laisse ! Il faut aussi que je me muscle si je dois rester ici.

Puis, juste avant de s'éloigner, elle ajouta :

– Un dernier conseil : lave-toi bien les mains quand tu auras fini, parce que tes boyaux, ça sent pas la rose !

En riant, elle l'abandonna, rougissant, face à sa bassine.

Lorsque André rentra ce soir-là, il était déjà tard. Dans un panier d'osier, il apportait quelques cadeaux de la part de la famille Argaud : un long boudin, un saucisson à faire sécher, et des saucisses à l'odeur appétissante. Certains des réfugiés ayant refusé de toucher au porc, il avait mangé à satiété et s'était resservi plusieurs fois. Après le repas, on avait même fait griller des châtaignes dans la cheminée. À la lumière des flammes, qui semblaient donner vie aux cheveux de sa Rebecca, André n'avait pas vu passer le temps. Tout en se brûlant les doigts pour extraire les fruits farineux de leur peau, les deux amoureux avaient profité du brouhaha qui régnait dans la cuisine pour discuter à voix basse.

Quand André avait pris le chemin du retour, la burle[1] soufflait et l'avait fouetté en plein visage. Le vent glacial annonçait une nouvelle gelée pour cette nuit, mais, le ventre plein et l'humeur joyeuse, il ne s'en souciait guère.

La tête pleine de pensées heureuses, il ne vit pas défiler le chemin et se retrouva bientôt devant la porte d'entrée de la ferme.

Comme le soir du jour où il avait vu pour la première fois sa Rebecca, il retrouva sa famille regroupée autour de la T.S.F. En entendant les gonds grincer, Jeannine se tourna aussitôt vers lui avec un sourire.

– Les Américains et les Anglais ont débarqué en Afrique du Nord, ils sont juste en face de Marseille ! Tu imagines ! Peut-être que l'année prochaine nous aussi on aura un cochon à tuer !

1. Terme local désignant un vent froid venant du nord.

Ravi de ce bonheur qui s'ajoutait aux précédents, il lança :

– Moi aussi, j'ai une bonne nouvelle : je vous rapporte du boudin !

À ces mots, tous ses frères et sœurs se précipitèrent vers lui. Devant les trésors contenus dans le panier, l'Afrique et ses événements perdirent vite de leur intérêt. Contrairement à ce que disait Jeannine, ce continent leur paraissait aussi éloigné que la lune, et ils ne croyaient pas une minute que ce qui s'y passait pouvait avoir une influence sur leur vie.

Ce en quoi ils avaient tort, comme ils n'allaient d'ailleurs pas tarder à le découvrir.

CHAPITRE XVI

Était-ce une ironie du sort ou un acte délibéré du haut gouvernement allemand ? André ne le sut jamais, mais ce fut le jour même où on devait célébrer l'armistice de la Première Guerre mondiale que les armées allemande et italienne envahirent le sud de la France. Le 11 novembre 1942, la zone qui était jusqu'à ce jour considérée comme « libre » passa sous la coupe de l'ennemi.

Bizarrement, sur le Plateau, la plupart des paysans ne firent pas grand cas de l'événement. Des anciens testaments arrivaient régulièrement au Chambon, et le pasteur leur trouvait des abris. Sans se poser de questions, la communauté du petit village poursuivait ce qu'elle avait commencé, indifférente au danger qui grandissait. Il est vrai que les jours qui suivirent l'annonce leur vie ne fut en rien bouleversée. Aucun Allemand n'ayant encore posé les pieds sur la place du Chambon, la menace paraissait vague et lointaine.

Dans les fermes et les hameaux des alentours, c'était encore plus vrai. La neige, qui tombait dru, semblait isoler la région du reste du monde, et il était déjà assez compliqué de survivre sur la Montagne, sans avoir en plus à se préoccuper d'un danger éloigné.

Pourtant, par un froid matin de décembre, la menace se rapprocha sensiblement. Les enfants de l'école du Riou furent parmi les premiers à comprendre que les choses avaient changé.

Ils étaient déjà au travail depuis une bonne heure lorsque Roger, le fils du maréchal-ferrant, ouvrit la porte de la classe de M. Renard à toute volée.

– Ils sont là ! Ils sont là ! hurla-t-il.

Toute la classe sursauta, et le maître, qui était en train de souligner un titre au tableau, laissa tomber sa règle en bois.

– De qui parles-tu donc ? demanda-t-il sévèrement.

– Les Allemands, je les ai vus ! cria le gamin.

Roger, obnubilé par son histoire, avait laissé la porte grande ouverte. La burle qui soufflait dehors en tournoyant s'engouffra à l'intérieur et fit chuter de plusieurs degrés la température de la salle. Le vieux poêle à bois qui rougissait pour chauffer la pièce ne pouvait lutter contre le froid hivernal qui sévissait dehors. M. Renard donna l'ordre de fermer la porte et demanda à Roger de s'expliquer calmement.

Le garçon respira à fond et raconta son histoire :

– Hier, le père et moi, on est descendus au Puy pour acheter des fers à cheval comme on en a l'habitude tous les mois. Mais cette fois, quand on est arrivés, il y avait des Allemands de partout, avec leurs mitraillettes et leurs casques.

Les yeux de ses camarades fixés sur lui, il reprit une inspiration et poursuivit :

– Ils nous ont même arrêtés et ils ont dit quelque chose comme « *Papir* ! *Papir !* ». Mon père a compris qu'ils voulaient voir nos papiers, et il les a montrés. Après, on a pu repartir, mais qu'est-ce que j'ai eu peur !

Les élèves, qui avaient formé un cercle autour de Roger, se mirent à parler tous en même temps, et le maître dut taper sur le bureau avec sa règle pour obtenir le silence.

– Vous savez que nous sommes maintenant en zone occupée. Cela veut dire qu'il va falloir s'habituer à voir des soldats allemands.

– Est-ce qu'ils vont venir au Chambon aussi, monsieur ? lança une petite voix.

– Ça, je n'en sais rien, mais c'est une possibilité.

Le brouhaha reprit aussitôt, et M. Renard eut cette fois le plus grand mal à rétablir le calme dans la classe.

André, pendant tout ce temps, n'avait pas cessé de regarder Simone. En entendant les déclarations de Roger, il l'avait vue se pétrifier et pâlir. Discrètement, il profita du désordre qui régnait pour s'approcher d'elle et lui effleurer la main.

– Ça va ? murmura-t-il, inquiet.

– Tu peux pas imaginer, finit-elle par articuler. C'est comme un cauchemar qui recommence… Un monstrueux cauchemar qui me rattrape.

– Ne t'inquiète pas, dit-il pour la rassurer, il faudrait être fou pour vouloir s'aventurer jusqu'ici en hiver.

Depuis le début décembre, la neige tombait sans interruption ou presque, en flocons serrés. Sur le Plateau, emportée par un vent terrible qui s'insinuait partout, la poudre blanche voltigeait dans les airs avant de s'amasser en congères qui atteignaient jusqu'à deux mètres de haut. Ce matin-là, pour venir à l'école, André avait dû faire la « trace » pour ses frères et sœurs. De la neige jusqu'à mi-cuisses, il avait transpiré afin de leur ouvrir un chemin alors que la poudreuse emplissait ses sabots, trempant la paille et gelant ses pieds.

– On voit bien que tu ne les connais pas, murmura Simone, une lueur d'effroi dans les yeux. Partout où je suis allée, ils sont venus. Ils sont comme la peste qui envahit le monde et qui n'a pas de frontière.

Alors que la classe retrouvait un semblant d'ordre et que les élèves regagnaient leur place, André souffla encore :

– Rappelle-toi le Lizieux, tu n'es pas seule.

Mais il vit bien dans son regard que la peur ne l'avait pas quittée. Un cauchemar n'abandonne pas si facilement sa proie.

Ce soir-là, André arriva en avance à son rendez-vous avec Daniel. Depuis quelques heures, la neige s'était arrêtée de tomber, mais les nuages étaient toujours bas, cachant les étoiles et la lune. Le garçon se mit à sautiller sur place et regarda autour de lui. Malgré la blancheur du paysage, on devinait la silhouette des sapins couverts de neige. La burle s'était calmée et on n'entendait plus son mugissement sinistre. Après plusieurs jours de vent, André trouvait ce calme étrange, presque menaçant, comme lorsqu'il avait la tête pleine d'idées noires.

Des crissements dans la neige annoncèrent l'arrivée de Daniel.

– Salut, Dédé.

– Salut.

– T'en fais une tête ! Qu'est-ce qui se passe ?

En quelques mots, André lui raconta ce qu'ils avaient appris le matin même, et la peur de Simone.

– Il faut agir, conclut-il, on ne peut pas laisser les Allemands faire tout ce qu'ils veulent ! Pour qui se prennent-ils à la fin ?

– Pour ceux qui ont gagné la guerre, tout simplement ! réliqua Daniel. Et pour ceux qui tiennent les mitraillettes…

– Tu sais aussi bien que moi que d'autres aussi commencent à avoir des mitraillettes par ici… souffla André.

– Comment ça ?

André haussa les épaules, exaspéré, et se mit à imiter les voix nasillardes de la T.S.F. :

– « Un cadeau pour le Père Noël. Je répète : un cadeau pour le Père Noël » !

– Et qu'est-ce que tu veux dire par là exactement ? demanda Daniel, suspicieux.

– Ne me prends pas pour un imbécile ! s'énerva André. Je sais très bien que ça signifie qu'on va parachuter des armes. Même que le « Père Noël », c'est le père Terrier.

– Toi, rétorqua Daniel, tu es bien trop curieux pour être du Plateau. Si je ne te connaissais pas depuis ta naissance, je dirais que tu as été adopté !

Sans tenir compte du reproche à peine voilé de son ami, André poursuivit :

– N'empêche que certains commencent à avoir des armes par ici. Alors il faut qu'on en ait aussi. Comment on fera sinon pour protéger les réfugiés si les Allemands débarquent ?

– Les bois qui nous entourent sont bien plus efficaces que des mitraillettes, et bien moins dangereux, répliqua sèchement Daniel. Tu n'as donc rien compris ? Le pasteur a pourtant longuement expliqué qu'on doit résister pacifiquement. Les seules armes dont on a besoin, ce sont les armes de l'Esprit.

Daniel n'ayant pas le charisme de M. Perrin, André resta dubitatif. Il n'était pas convaincu que sa Rebecca serait rassurée de se savoir protéger uniquement par les « armes de l'Esprit » !

– Quand même, insista-t-il, toutes ces armes qui arrivent, c'est bien pour quelqu'un !

– La plupart sont pour les résistants de Lyon, finit par expliquer Daniel. Les gens d'ici qui ont pris le maquis se sont mis d'accord avec le pasteur : ils ne mèneront pas d'action au Chambon, ça attirerait l'attention et ce serait trop dangereux pour les réfugiés.

– Mais alors, si on n'a pas d'armes, que va-t-on faire maintenant ?

Daniel planta son regard dans celui d'André et déclara calmement :

– On va continuer… Et prier.

CHAPITRE XVII

– C'est Noël ! C'est Noël !

Pour une fois réveillée avant tout le monde, la petite Lucie sautait comme un cabri sur le sol inégal de la cuisine. Ses sabots de bois claquaient et résonnaient sur les lauzes, tirant tout le monde du sommeil. Les portes du lit-placard de ses sœurs aînées finirent par s'ouvrir et Jeannine maugréa :

– Noël ou pas, il faut mettre ta veste, sinon tu vas tomber malade…

Le fourneau en fonte qui servait à cuisiner s'était éteint pendant la nuit, et un froid glacial régnait dans la pièce. Mais cela ne semblait pas déranger la petite fille, seulement vêtue d'une chemise de nuit en flanelle. Sans tenir compte du conseil, elle se dirigea vers sa sœur, un sourire épanoui aux lèvres.

– Regarde, j'ai trouvé tout ça dans mon bas !

« Tout ça », c'était une orange et un petit paquet de personnages en sucre d'orge.

Lucie avait maintenant réussi à grimper entre ses

deux grandes sœurs encore ensommeillées et leur montrait ses trésors en les étalant sur la couverture piquée à grosses fleurs rouges.

– Il y en a des roses, des blancs et des jaunes, expliqua-t-elle. Mais mes préférés, ce sont ceux du petit Jésus en rose…

Comme les garçons descendaient l'escalier après avoir enfilé un pantalon sur leurs caleçons longs et jeté un pull sur leurs épaules, leur père ouvrit la porte de sa chambre.

– Papa ! Regarde ce que le Père Noël m'a apporté ! s'écria Lucie.

Marie, que ce tintamarre avait aussi réveillée, s'était levée à son tour, pour une fois sans protester. Sans un mot, elle courut vers le bas de laine gris encore suspendu à la barre du fourneau et découvrit la même chose que Lucie. Même si elle n'exprimait pas sa joie de manière aussi démonstrative que sa sœur, elle avait les yeux qui pétillaient. L'instant d'après, André la vit même compter silencieusement ses sucreries. Il devina aussitôt qu'elle voulait s'assurer que Lucie n'en avait pas eu plus qu'elle.

Pierrot se précipita à son tour sur sa chaussette. André le regarda faire et se sentit soudain infiniment plus vieux que son cadet. Par expérience, il savait que chacun aurait la même chose. C'était comme cela depuis toujours, et il ne fallait pas compter sur son père pour faire preuve d'imagination. Ce qui lui semblait incroyable en revanche, c'était qu'il se soit donné le mal de trouver de telles gourmandises en ces temps de restriction et de carte d'alimentation.

La lumière de l'unique ampoule électrique éclairait la scène avec parcimonie et, tout à coup, André eut le besoin de voir la lumière naturelle.

Lorsque les volets pivotèrent sur leurs gonds, il retint sa respiration. La neige avait cessé de tomber, et les premières lueurs de l'aurore paraient déjà le paysage. Le manteau immaculé qui recouvrait la terre et les sapins reflétait les premiers rayons du soleil et faisait scintiller les cristaux de la couverture poudreuse.

La première pensée d'André fut que sa Rebecca serait ravie de voir ce paysage. Elle qui aimait tant les panoramas spectaculaires, elle serait comblée. Elle avait de la chance, la Montagne lui offrait un beau cadeau pour son premier Noël sur le Plateau. Quant à lui, il se réjouissait à l'avance de passer l'après-midi entier avec elle.

– Cette année, au moins, on pourra aller à l'arbre de Noël, fit une voix tranquille dans son dos.

André se retourna et sourit à Élisabeth.

– Oui, le ciel est clair. Cette fois, il n'y aura pas de tempête de neige.

L'an passé, à cause de conditions météorologiques désastreuses, ils s'étaient retrouvés bloqués dans la ferme et n'avaient pu se rendre au temple. Le temps alors s'était écoulé terriblement lentement, dans une atmosphère morose. La fête de l'arbre de Noël qui s'y donnait était le point culminant de la journée du 25 décembre pour les enfants de la région. Tous l'attendaient avec impatience.

C'était encore plus vrai pour les aînés des enfants Durand. Ils avaient perdu leur mère quelques semaines avant Noël, et depuis, ce temps de festivité n'avait plus jamais eu la même saveur.

– Tu te rappelles comme elle chantait bien ? demanda Élisabeth.

– Évidemment que je m'en souviens, répliqua André d'une voix bourrue.

Ni l'un ni l'autre n'avait besoin de préciser de qui ils parlaient, tellement leur mère était, en ce jour, présente à leur esprit.

Nullement découragée par l'attitude renfrognée de son frère, Élisabeth reprit :

– Du matin jusqu'au soir elle fredonnait, et quand

nous chantions avec elle, elle nous disait que Dieu dans son ciel se réjouissait d'entendre autant de petits anges chanter sa gloire.

André sentit une boule se former dans sa gorge et il en voulut à sa sœur de lui rappeler ces moments heureux, à jamais perdus. Pourtant, quand Élisabeth commença à entonner tout doucement le refrain du cantique préféré de sa mère, il ne fit rien pour l'en empêcher.

– « *Gloria*, *gloria*, *in excelsis Deo…* »

Depuis des années, personne ne chantait plus dans la maison le jour de Noël, et André se rendit compte que cela lui avait beaucoup manqué.

Mais Élisabeth, à son tour submergée par l'émotion, s'arrêta bientôt et se détourna.

La matinée fut, de bien des manières, identique à celles des autres jours. Noël ou pas, les vaches devaient être traites et les bêtes nourries. Il avait aussi fallu dégager porte, fenêtres et chemins pour se frayer un passage. Le menu du repas n'eut rien non plus de véritablement festif : Jeannine servit la même soupe aux choux que d'habitude. Avec pour seul extra, les saucisses qu'elle avait réussi à se procurer chez des voisins compréhensifs.

Pourtant, il y avait de l'excitation dans l'air, et quand, en début d'après-midi, on entendit le couinement des roues d'une charrette dans la cour, tous se précipitèrent dehors.

Comme chaque année, les Argaud s'étaient arrêtés chez eux. Car cela permettait aux jeunes de se regrouper sur la charrette d'une famille ou de l'autre, selon les affinités, et de faire ainsi le trajet ensemble.

Des « Joyeux Noël » fusèrent bientôt alors que tous s'embrassaient. André, lui, se rendit vite compte qu'il manquait quelqu'un au sein de cette joyeuse troupe. S'approchant de Daniel, à qui il n'avait plus rien à cacher, il demanda :

– Et Simone ?

– Désolé, mon vieux ! Simone a voulu rester avec d'autres réfugiés pour célébrer Hanoukka.

– « Hanoukka » ? répéta André. Mais c'est quoi ça ?

– J'ai appris que pour les Juifs c'était la fête de la lumière. Comme ça tombe dans très peu de temps, ils ont choisi de la célébrer aujourd'hui, car nous ne serons pas là.

Désemparé, André sentit sa joie l'abandonner. Pas une seconde il n'avait imaginé cela. Sa Rebecca accompagnait souvent la famille Argaud quand celle-ci se rendait au temple du Chambon, et elle avait plusieurs fois partagé l'admiration qu'elle portait à M. Perrin. Pour André, il était évident qu'elle se joindrait à eux pour assister à l'arbre de Noël. Il y avait tellement peu d'occasions de faire la fête dans le pays, qu'on était généralement prêt à tout pour ne pas en rater une.

André se sentait trahi. Malgré le peu de temps qu'ils pouvaient passer en tête à tête, Simone avait préféré rester avec d'autres que lui.

Daniel, conscient de la déception de son ami, lui mit le bras autour des épaules et le poussa gentiment en avant.

– Allez, viens donc sur notre charrette !

Il fallut bien tout le charisme du pasteur pour sortir André de sa mélancolie. Mais, une fois de plus, la passion de M. Perrin fit merveille et André, presque malgré lui, se laissa emporter par la ferveur ambiante. Le temple était plein à craquer. Un gigantesque sapin de Noël trônait à côté de la chaire, orné de plusieurs dizaines de bougies que le concierge surveillait attentivement. L'air embaumait de son parfum.

Sans y prendre garde, André se surprit à chanter *Il est né le divin enfant* de sa voix qui hésitait encore entre l'aigu et le grave. À côté de lui, Pierrot pouffa.

Il y a quelques mois, il se serait, lui aussi, mis à rire, car il y avait de quoi, mais ce jour-là il se sentit terriblement vexé. Il s'apprêtait à lui donner un coup de coude dans les côtes, quand les paroles du pasteur prononcées quelques minutes auparavant lui revinrent à l'esprit : « Paix sur la terre aux hommes de bonne volonté ! »

Il devait admettre qu'il n'avait guère fait preuve de « bonne volonté » envers son frère ces derniers temps. Il le regarda et se souvint combien Pierrot, plus que quiconque, avait été affecté par la disparition de leur mère. Comme cette dernière, il était doté d'une grande sensibilité, aussi son décès l'avait profondément bouleversé et laissé très vulnérable. André, bien que de tempérament très différent, l'avait compris et, instinctivement, avait cherché à le protéger.

Les oreilles encore vibrantes de l'exhortation du pasteur, il chuchota d'un ton faussement fâché :

– Et tu trouves ça drôle ?

Un instant hésitant, Pierrot s'arrêta de rire. Puis, voyant le clin d'œil de son frère, il reprit de plus belle. Entrant dans le jeu, André entonna le dernier couplet à pleins poumons, si fort et si faux que les braves gens autour d'eux commencèrent à se retourner en haussant les sourcils. Pierrot était hilare.

Le bonheur d'avoir enfin retrouvé l'ancienne complicité qui le liait à son frère illuminait son regard. André s'en réjouit. Malgré l'absence de sa Rebecca, ce Noël ne serait pas complètement raté après tout.

CHAPITRE XVIII

– Pourquoi t'es pas venue à l'arbre de Noël ?

La question, dans laquelle pointait une note de reproche, fit sursauter Simone, qui faillit lâcher la hachette qu'elle tenait à la main. Elle était tellement occupée à casser la couche de glace qui recouvrait l'abreuvoir qu'elle n'avait pas entendu André arriver. À ses pieds, un seau métallique attendait d'être rempli, et elle le heurta en se retournant.

– Tu m'as fait peur ! s'exclama-t-elle en s'appuyant à l'abreuvoir.

La burle s'était remise à souffler, et sa jupe de laine grise se gonflait et se dégonflait selon l'humeur du vent. Elle avait abandonné ses petites chaussures de ville et portait des sabots et des bas de laine comme les filles du Plateau. Un fichu bleu marine couvrait presque entièrement sa tête, et sans les mèches incandescentes et bouclées qui s'en échappaient, jamais André n'aurait pu la reconnaître.

– Pardon, s'excusa-t-il.

Sa Rebecca soupira et se détourna légèrement.

Un silence s'installa, seulement troublé par les assauts du vent dans les arbres, et le claquement d'une branche contre le mur de l'étable. Les bourrasques soulevaient la neige poudreuse qui venait, par moments, tournoyer autour d'eux.

Au bout de quelques minutes, Simone se décida à parler. Elle le fit lentement, comme si elle cherchait ses mots, ou plutôt comme si elle essayait elle-même de comprendre pourquoi elle avait agi ainsi.

– Au début, je voulais aller à l'arbre de Noël du temple. Tu sais que j'aime beaucoup M. Perrin... Quand je suis arrivée au Chambon, c'est lui et sa femme qui m'ont ouvert leur porte. Moi, on m'avait juste dit d'aller frapper au presbytère, et je mourais de peur. Mais dès que la porte s'est ouverte, ils m'ont souhaité la bienvenue en me faisant deux grosses bises, comme si j'étais quelqu'un de leur famille. À partir de cet instant, ils se sont occupés de tout.

La jeune fille soupira de nouveau et continua :

– Quand j'étais encore chez eux, un réfugié qu'ils hébergeaient également leur a demandé : « Mais pourquoi prenez-vous le risque de nous aider ? Pourquoi faites-vous tant pour nous ? »

Elle se retourna vers André.

– Et tu sais ce que le pasteur a répondu ?

André fit non de la tête, et la jeune fille enchaîna :

– Il a dit : « Jésus-Christ m'a commandé d'aimer mon prochain comme moi-même. Tous les gens qui franchissent cette porte sont mes prochains, alors, avec mes faibles forces, j'essaie de les aimer… et de les aider. » Souvent, j'ai eu envie d'en savoir plus sur ce Jésus qui a dit de si belles choses…

Le regard perdu dans le vague, Simone laissa passer un silence.

– Chez nous, reprit-elle, on n'était pas pratiquant. On vivait comme tout le monde, et c'est seulement quand Hitler est arrivé au pouvoir que j'ai découvert que j'étais juive. Avant, je ne le savais même pas ! Pour mes parents, c'était pareil, mais plus il y avait de lois contre les Juifs, plus mon père disait que nous devions être fiers de notre héritage, et qu'il fallait résister.

Elle frissonna sous une nouvelle attaque de la burle, puis, plongeant ses yeux dans ceux d'André, elle raconta encore :

– Alors quand les réfugiés m'ont proposé de célébrer Hanoukka avec eux, j'ai accepté. C'était la première fois pour moi, mais refuser, cela aurait été comme trahir mon père…

André s'approcha d'elle et saisit la hachette qu'elle avait toujours à la main. Il se tourna vers l'abreuvoir et, entre deux coups vigoureux qui firent jaillir des éclats de glace, il dit d'une voix bourrue :

– C'est bon, j'ai compris.

En fait, il était loin de tout comprendre, mais ce qu'il avait retenu, c'était que la vie de sa Rebecca était bien plus compliquée que la sienne, même si, vu de l'extérieur, leur quotidien était semblable.

– C'était très beau, tu sais. Tout le monde avait apporté des bougies, et toutes ces lumières, c'était presque magique.

Le trou était maintenant suffisamment large pour pouvoir laisser passer le seau, et André le plongea dans l'abreuvoir. Ses mains, à l'intérieur des moufles de laine humide, étaient déjà rougies, mais il savait que sa peau calleuse résisterait mieux que celle de la jeune fille à un tel traitement. Il posa le seau plein à terre et, n'osant avouer qu'elle lui avait manqué, il grogna :

– Il y avait des papillotes…

– Je sais, l'interrompit-elle, Léon et ses sœurs m'en ont donné.

André ressentit un pincement de jalousie. Il aurait aimé être celui qui lui avait fait ce cadeau, même si cette année il avait dépassé l'âge pour recevoir le petit paquet distribué par le Père Noël. Mais, hélas, il n'avait rien à lui offrir.

Ses yeux noirs s'assombrirent encore.

– Au fait, comment se fait-il que tu sois là en plein après-midi ? s'enquit-elle.

Heureux du changement de sujet, il se dépêcha de répondre :

– En ce moment, il n'y a qu'à s'occuper des bêtes. Et c'est les vacances, alors j'ai plus de temps.

Il avait aussi eu d'excellentes notes et ses bons résultats scolaires avaient apaisé les relations avec son père.

La voyant grelotter, André se résigna à lui conseiller de rentrer. Il porta le seau jusqu'à la porte de la ferme, et lui rendit la hachette en demandant :

– Comment se fait-il que ce soit toi qui fasses ça ? Léon aurait pu s'en charger quand même !

– Les garçons sont allés couper du bois avec leur père. Il fait tellement froid que M. Argaud craint d'en manquer. Les filles sont en pleine lessive, c'est pour ça qu'elles avaient besoin d'eau. Et puis, tu sais, moi, j'aime bien les aider. Ils sont comme ma deuxième famille maintenant.

Simone posa la hachette sur le billot de bois

à droite de la porte et se saisit du seau. Une main sur la poignée, elle se retourna vers André.

– Bon, il faut que j'y aille, sinon elles vont se demander où je suis passée.

– Mon père dit que le temps va s'éclaircir, s'empressa alors de dire le garçon. Si tu veux, on peut aller se balader… On ira voir s'il y a eu des morts du côté de Fays-sur-Lignon.

– Des morts ? répéta Simone avec un haut-le-cœur.

Pour la première fois depuis le début de leur conversation, un franc sourire éclaira le visage d'André.

– Oui, à Fays, il fait encore plus froid qu'ici, et on ne peut pas enterrer les morts pendant l'hiver. Comme le sol est gelé sur plusieurs centimètres de profondeur, on place les cercueils sur les toits des maisons en attendant le dégel. Alors comme ça, c'est facile de savoir s'il y a eu des morts ! Avec Pierrot, on allait chaque année y faire un tour.

– Mais c'est affreux ! s'exclama-t-elle. Non merci, ça ne m'intéresse pas !

– Ne t'en fais pas, on trouvera autre chose…

– Si ce n'est pas aussi macabre, je veux bien.

– À bientôt alors !

– À bientôt !

Avant qu'elle n'ait ouvert la porte, André avait déjà fait demi-tour. Il ne tenait pas à expliquer à ses voisins la raison de sa présence.

CHAPITRE XIX

André enfila son passe-montagne, jeta sa pèlerine grise sur ses épaules et sortit. Dehors, le temps était froid mais sec. La veille, la burle avait soufflé toute la nuit et sculpté la neige en monts et vallées, donnant au paysage l'allure d'un désert glacé. Mais ce matin, le ciel était dégagé et les rayons du soleil de janvier faisaient à nouveau scintiller les cristaux et les glaçons suspendus le long des gouttières.

Le sourire aux lèvres, André s'apprêtait à partir, quand il entendit une voix l'appeler. Surgissant de l'étable, Pierrot courait vers lui.

– Dédé, j'ai fini de nourrir les vaches. Toi aussi, tu as fini tes corvées ?

– Ben oui, comme tu peux le voir !

– C'est le dernier jour des vacances, et il fait un temps idéal pour aller à Fays avec le cheval. Ça le sortira un peu, on y va ?

Sans hésiter, André répondit :

– Désolé, je ne peux pas.

Le sourire de Pierrot se figea.

– Où c'est que tu vas alors, habillé comme ça ? demanda-t-il.

– Ça ne te regarde pas.

– Tu me prends pour un imbécile ? Je sais très bien où tu vas ! Tu vas encore la voir, elle ! Ça fait…

– Pourquoi tu le demandes alors ?

Sans tenir compte de l'interruption, Pierrot poursuivit avec rage :

– … trois fois que tu y vas, et on n'est même pas allés une seule fois à Fays cet hiver ! T'es qu'un imbécile ! Elle te fait les yeux doux, et toi, tu penses qu'à ça. Je vais le dire ! Tu verras, un jour, je vais le dire !

Dans le silence qui suivit, les deux frères s'affrontèrent du regard.

La frustration brillait dans les yeux de Pierrot, tandis que ceux d'André exprimait une menace muette.

Pierrot se détourna le premier, et rentra dans la maison en claquant la porte. À la fois furieux et désolé, André pensa que la trêve de Noël n'avait pas tenu bien longtemps…

Les jours suivants firent cependant vite oublier la querelle. Depuis que la zone libre avait été envahie, l'étau s'était resserré sur le pasteur et ses amis.

La police française, sous la pression allemande, venait souvent au Chambon pour surveiller, questionner et menacer.

Certains disaient que c'était le signe que l'occupant commençait à avoir peur. En effet, les victoires alliées en Afrique du Nord étaient de plus en plus nombreuses et, pour la première fois, la toute-puissance des forces de l'Axe était remise en question.

Ces combats avaient beau se dérouler au-delà des mers, tous les Chambonnais qui possédaient une T.S.F. suivaient de près les événements. Il est vrai que les longues soirées d'hiver favorisaient les retrouvailles familiales autour de l'appareil. On invitait même parfois quelques voisins moins bien équipés à venir écouter Radio Londres. Après avoir dégusté une « douce », ce dessert rustique à base de farine et de sucre ou de miel, on tournait le gros bouton noir, et les premiers craquements portés par les ondes emplissaient la pièce : « Ici, Londres, les Français parlent aux Français… »

Un soir du début du mois de février, André et son père, assis devant le poste comme toujours à cette heure-là, exigèrent le silence en entendant ces paroles désormais rituelles.

Les autres membres de la famille, occupés à jouer

ou à terminer quelques tâches ménagères, interrompirent aussitôt leurs activités. Même Louis trottina jusqu'à Jeannine pour s'asseoir sur ses genoux, où il avait l'habitude d'attendre la fin du programme.

Ils venaient à peine de s'installer que le journaliste annonça une nouvelle qui fit l'effet d'une bombe : André se redressa en hurlant, aussitôt imité par ses frères et sœurs, qui, même s'ils ne comprenaient pas tout ce qui s'était passé, n'en tenaient pas moins à manifester leur joie.

– Taisez-vous ! Mais taisez-vous donc ! tonna le père. On n'entend plus rien !

Sans pouvoir se retenir, André s'écria :

– Mais tu n'as pas entendu ? À Stalingrad, le maréchal Paulus a capitulé ! L'armée allemande a capitulé !

– C'est quoi Stalingrad ? demanda Lucie.

Marie, qui, pour une fois, n'en savait pas plus que sa cadette, resta muette pendant que Pierrot lui expliquait, tout excité :

– C'est une ville d'U.R.S.S., et depuis des mois, il y avait une bataille là-bas ! Et les Allemands l'ont perdue !

– Justement, intervint froidement son père, ce n'est qu'une bataille, ce n'est pas la guerre.

– Mais quand même, rétorqua André, déçu de son manque d'enthousiasme, tu as entendu le présentateur !

C'est la première fois qu'un maréchal allemand capitule ! Ce n'est pas rien ! Je suis sûr qu'il doit y avoir des tonnes de soldats qui sont morts ou qui ont été faits prisonniers !

– Si vous vous étiez tus, on en saurait davantage, mais avec ce vacarme on ne risque pas d'en apprendre beaucoup !

Le silence revenu dans la pièce, ils purent entendre la fin des informations. Comme André, le journaliste s'enflammait en parlant de la victoire qui marquait, selon lui, un tournant décisif dans la guerre. Pourtant, quelques minutes plus tard, en éteignant l'appareil à la fin du programme, le père d'André grommela encore :

– Ça ne me dit rien de bon pour nous, tout ça.

Troublé par cette attitude, André osa quand même insister :

– Je ne comprends plus rien. Depuis le temps que tu pestes contre ces « sales Boches », tu devrais être content.

– Je serai content quand ils auront fichu le camp ! Mais ça, c'est pas encore demain la veille, c'est moi qui te le dis… Je ne me suis pas battu en 14-18 contre eux sans apprendre à les connaître… Et je te dis qu'en attendant c'est nous qui allons déguster.

Sortant de sa poche de poitrine un petit paquet bleu contenant de fines feuilles blanches et un sachet de tabac, il entreprit de se rouler une cigarette.

Dans la pièce, personne ne disait mot. Le père ne parlait jamais de la guerre qu'il avait faite, et il fallait que le sujet soit grave pour qu'il en vienne à l'évoquer.

Tirant une bouffée sur sa cigarette, il dit pour conclure :

– Les Boches, ils vous font tout payer. Cette victoire, elle va nous coûter cher.

Une dizaine de jours plus tard, alors qu'on tambourinait à la porte au beau milieu de la nuit, André se souvint brusquement de cette remarque.

CHAPITRE XX

– Ils ont arrêté les deux pasteurs et le directeur du collège Cévenol !

Comme une bombe, la nouvelle explosa dans la cuisine. En caleçons longs et chemises de nuit, toute la famille dévisageait Daniel, chacun se demandant s'il était en train de faire un cauchemar.

– Les salauds !

André vit le poing de son père s'abattre sur le mur et le frapper avec un bruit mat. Les yeux écarquillés, il sursauta légèrement. Jamais il ne l'avait vu faire une chose pareille.

Quand il s'était réveillé en sursaut quelques minutes auparavant, il avait tout de suite deviné qu'un événement terrible était arrivé. Lorsqu'il s'était précipité au rez-de-chaussée, tous les scénarios possibles et imaginables avaient défilé devant ses yeux, avec en tête de file l'arrestation de sa Rebecca. Ne faisait-elle pas partie de ceux que la police recherchait depuis plusieurs années ? Mais ce n'était pas elle la victime, du moins pas pour cette fois.

Bien sûr, tout le monde savait que le pasteur jouait un jeu dangereux en cachant des Juifs et en le disant ouvertement à tous ceux qui venaient le menacer. Mais pour André, il était inatteignable. Comment aurait-on pu s'en prendre à un homme comme lui, qui se dévouait corps et âme à faire le bien et dont le seul crime était d'aimer ?

Il vit Daniel essuyer une larme sans parvenir à le cacher.

– Qui a fait ça ? demanda M. Durand. Quand cela s'est-il passé ?

– C'est la police, répondit le jeune homme.

Il redressa la tête et répéta :

– Oui, la police française ! Ils sont arrivés au moment du repas. Comme M. Perrin était encore en visite, ils l'ont attendu au presbytère. Quand il est arrivé, le repas était prêt, et la femme du pasteur les a invités à se joindre à eux…

– À manger avec eux ! s'exclamèrent André et Pierrot en même temps.

Daniel secoua la tête, comme s'il ne parvenait pas lui-même à y croire.

– Comme je vous le dis, affirma-t-il. Et pendant tout ce repas, la nouvelle s'est répandue dans le Chambon.

– Comment les gens l'ont-ils su ?

– Par la fille des épiciers, qui était passée inviter le pasteur et sa famille de la part de ses parents. Elle a couru à toute vitesse de maison en maison, et tout le village a été rapidement au courant. J'assistais à une réunion quand on nous l'a annoncé. Comme tous les autres, je me suis précipité vers le presbytère... Dehors, on a attendu qu'ils sortent... Il y avait foule. Les plus audacieux allaient sonner à la porte pour apporter des cadeaux – surtout des vivres et des vêtements chauds.

Daniel frissonna dans la lumière blafarde de l'ampoule électrique. Il poussa un soupir, et poursuivit son récit :

– Enfin, on l'a vu, encadré par deux policiers comme un criminel. Dans une main, il tenait une valise, et dans l'autre, un baluchon avec tous ses cadeaux. Dans le silence, on a formé une haie d'honneur, et pendant quelque temps on a seulement entendu le crissement de leurs chaussures sur les pavés recouverts de neige gelée. Comme la burle soufflait fort et qu'il neigeait un peu, les policiers se penchaient pour chercher à se protéger. Mais pas M. Perrin. Lui, il marchait droit comme un I, comme si rien, jamais, ne pourrait le faire plier...

Les policiers avaient garé leur véhicule sur la place du village, et tout le long des rues étroites, il y avait une haie de Chambonnais. Je ne sais pas à quel moment exactement, quelqu'un a entonné *C'est un rempart que notre Dieu*. Tout le reste du chemin, on a entendu ce cantique.

– Où sont-ils allés ensuite ?

– Chercher l'adjoint du pasteur, puis le directeur du collège. Aux dires de messieurs les policiers, paraîtrait qu'ils sont complices… Complices… comme s'ils avaient commis un crime !

– Est-ce qu'on sait où ils les ont emmenés ?

– Non, ils n'ont rien voulu dire. Ils répétaient qu'ils se contentaient d'obéir aux ordres !

– De beaux ordres que voilà ! s'indigna le paysan. Ah ! Elle est belle, la police française de Vichy !

– Papa, c'est peut-être juste pour les interroger qu'ils les ont arrêtés, hasarda Jeannine.

Son père secoua la tête, pessimiste.

– Avec ce qu'on entend dire ces derniers temps, je n'y crois guère !

– Ils ne vont quand même pas les mettre en prison ! s'écria Élisabeth.

– Ça ne les gênerait pas, soupira M. Durand mais ils peuvent aussi faire pire : les envoyer dans ces camps d'internement où sont parqués tous ceux qui osent s'opposer à la politique du maréchal ! Si c'était le cas, ce serait terrible.

Daniel, qui s'était assis un instant, se redressa et dit d'un ton morne :

– Je dois y aller, j'ai encore quelques fermes à prévenir.

Enfilant son passe-montagne, il s'élança de nouveau dans le froid et la neige. Derrière lui, battue par le vent, la porte se referma d'un coup sec.

Après le choc initial, les gens du Plateau relevèrent la tête et continuèrent avec plus de zèle encore leurs activités de résistance. Si en arrêtant leur chef spirituel on avait voulu les décourager, on s'était bien trompé. Au contraire, leur volonté s'en trouva renforcée. Et grâce à l'épouse de M. Perrin, qui avait repris les activités de son mari, on continua à accueillir et à cacher des Juifs. Quand on apprit finalement que les trois hommes étaient enfermés dans un camp près de Limoges où les conditions de vie étaient très dures, les Chambonnais s'unirent pour leur faire parvenir des colis de nourriture et d'habits chauds. Beaucoup aussi se mirent à genoux pour prier.

La défaite de Stalingrad eut d'autres conséquences pour le village de la Montagne.

Un jour, on vit arriver sur la place un autocar plein de soldats allemands. Jusqu'à présent, les Chambonnais n'en avaient pas vu beaucoup en chair et en os, la police française se chargeant elle-même des contrôles et des arrestations. Mais personne ne s'étonna de cette « invasion ». Le propriétaire de l'Hôtel du Lignon avait déjà fait savoir à tout le monde que des chambres avaient été réquisitionnées pour des soldats qui avaient souffert sur le front russe. Ils venaient récupérer des forces, grâce à l'air pur du Plateau.

Dans la cour de l'école du Riou, Léon Argaud, qui avait assisté à leur arrivée, s'en était donné à cœur joie pour raconter l'événement.

– Ils étaient tous en uniforme kaki, avait-il dit d'un ton moqueur, mais il fallait bien ça pour qu'on croie que c'était des soldats !

Se rengorgeant, il avait continué :

– Y'en avait un à qui il manquait un pied et qui marchait comme ça, avec une canne…

Il s'était mis à mimer le soldat en tordant sa jambe dans tous les sens.

– Il y en avait un autre qui voyait rien, avait-il

enchaîné, parce qu'il avait un bandeau sur l'œil droit et qu'il fermait le gauche. Quant au reste de sa trombine, elle était drôlement amochée !

Ravi d'être le centre d'attraction, il avait poursuivi :

– Et je vais vous dire un truc, j'ai jamais vu des gars aussi maigres et pâlots ! Si la burle avait soufflé rien qu'un peu, on les aurait retrouvés au sommet du Lizieux !

Comme les rires fusaient de tous côtés, André remarqua soudain que Simone s'éloignait en silence. Profitant que l'attention de tous était centrée sur Léon, il s'éclipsa discrètement et la retrouva derrière l'école, assise sur un tas de bois, la tête entre les mains. S'adossant au mur de pierre, il demanda presque timidement :

– Ça va ?

Il n'obtint pas de réponse, mais, au mouvement saccadé de ses épaules, il comprit qu'elle pleurait en silence. Tirant de sa poche le grand mouchoir à carreaux plié et repassé avec soin par Jeannine, il le lui tendit gauchement. Comme elle ne le voyait pas, il insista :

– Tiens, et puis, tu sais, il faut pas pleurer ! Léon, il exagère toujours. Les histoires dégoûtantes, il adore ça.

Simone releva enfin la tête et s'écria :

– Je m'en fiche de ses histoires dégoûtantes ! Moi, tout ce que je sais, c'est qu'ils sont là ! Ça veut dire que demain je peux me promener et en croiser un sur le chemin. Tu imagines un peu ? Et s'il me demande mes papiers et qu'il voit qu'ils sont faux ? De toute façon, je tremblerai tellement que même s'il n'a qu'un œil il verra bien qu'il y a quelque chose de louche.

André essaya de la rassurer :

– Mais qu'est-ce que tu veux qu'ils viennent faire à La Suchère ? Surtout que, d'après Léon, ils ne sont pas trop en forme.

– Oui, pour le moment, mais ça changera, tu verras, ça changera.

La clochette agitée par M. Renard mit fin à la discussion. Sans un mot de plus, Simone essuya ses larmes et, après avoir rendu son mouchoir à André, elle se leva pour aller rejoindre les autres. André attendit quelques minutes avant de la suivre. Conscient que Simone avait raison, il était frustré de n'avoir pas mieux à lui proposer que se cacher dans une ferme perdue dans la nature. Il se promit de faire changer les choses. Après tout, on voyait bien où le pacifisme avait conduit le pasteur.

Plus les semaines passaient, et plus M. Perrin risquait de payer ses convictions au prix de sa vie. Quitte à mourir, André préférait que ce soit les armes à la main.

CHAPITRE XXI

La fin du mois de mars approchait, mais le printemps semblait, sur le Plateau, bien loin d'arriver. Il gelait chaque nuit, et dans la journée les températures dépassaient rarement zéro degré. André savait par expérience qu'il faudrait sûrement attendre encore quelques semaines pour qu'un parfum de printemps s'élève sur la Montagne.

– « Neuf mois d'hiver, trois mois de misère » ! soupira Jeannine en regardant par la fenêtre.

André pensa que ce dicton résumait parfaitement la vie des paysans du Plateau. Pendant neuf mois ils se gelaient, et pendant trois ils travaillaient comme des fous pour avoir de quoi vivre chichement durant le reste de l'année.

Sa sœur se retourna vers lui.

– Il faut que tu y ailles, dit-elle, et n'oublie pas : vérifie bien qu'il y a au moins deux mètres de tissu ! Sinon, je n'en aurai jamais assez pour couper de nouvelles jupes à Lucie et Marie.

– Tu es sûre que le coupon sera arrivé cette fois ? grogna André.

Il s'était déjà rendu une fois au village pour aller le chercher, mais la mercière n'avait toujours pas reçu le tissu – il était donc revenu bredouille.

– Mme Lebrat m'a dit qu'elle serait livrée cette semaine, alors ça devrait être bon.

– J'espère bien, fit André en soupirant à son tour.

Il enfila son passe-montagne et ses gants. Sur le vélo, il n'allait pas faire chaud !

Comme il ouvrait la porte, sa sœur l'interpella :

– Les tickets de rationnement ! Tu allais les oublier, et c'est pour le coup que tu aurais vraiment fait le trajet pour rien ! Tu sais bien que sans eux tu ne peux rien acheter.

André saisit les cartes qu'elle lui tendait et sur lesquelles étaient inscrits les noms de ses sœurs, ainsi que la quantité de tissu et de nourriture à laquelle chacune avait droit. Une dernière fois il vérifia qu'il avait bien dans sa poche la somme d'argent nécessaire à ses achats, puis il sortit.

Quand il arriva sur la place du Chambon, complètement frigorifié, il comprit tout de suite qu'un événement exceptionnel avait eu lieu. Malgré le froid, tout le monde était dehors et discutait haut et fort.

S'approchant du boulanger, que son père connaissait bien, il demanda :

– Bonjour, M. Besset, que se passe-t-il donc aujourd'hui ?

– Bonjour, Dédé ! Comment, tu ne connais pas la nouvelle ? C'est vrai qu'elle a pas encore dû arriver là-haut, par chez vous ! Figure-toi qu'ils ont relâché les deux pasteurs et le directeur du collège ! Y'a pas dix minutes, ils ont téléphoné tous les trois au presbytère pour annoncer la nouvelle ! Ils vont arriver dans la journée…

Sans chercher à en entendre davantage, André se rua vers son vélo et repartit en sens inverse. Tant pis pour le tissu ! C'était le genre de nouvelle qui ne pouvait pas attendre. À La Suchère, tout le monde allait sauter de joie !

À leur descente du train, les trois hommes reçurent un accueil triomphal. L'émotion des gens du Plateau, pourtant si pudiques, était à son comble. La libération des pasteurs, alors même qu'ils avaient refusé de signer un papier d'allégeance au maréchal Pétain et à son gouvernement, était incroyable et inespérée. Certains parlèrent même de miracle quand on apprit que, quelques jours plus tard, tous les autres prisonniers du camp avaient été déportés en Pologne et en Silésie, d'où ils ne devaient jamais revenir.

De retour chez eux, les trois hommes reprirent aussitôt leurs occupations. Comme s'il ne s'était rien passé, ils continuèrent à pratiquer leur résistance pacifique.

Chose étrange, la présence des soldats allemands en convalescence ne modifia en rien la vie des habitants du Chambon. Les fenêtres de l'Hôtel du Lignon donnaient pourtant sur une pension de famille où des dizaines de garçons juifs continuaient d'arriver et de repartir.

C'était un spectacle curieux que ces soldats du IIIe Reich aux joues creusées et à la pâleur cadavérique qui regardaient jouer des enfants juifs débordant de santé, alors qu'à quelques centaines de kilomètres de là d'autres enfants mouraient sous le regard de soldats du même IIIe Reich.

Mais l'air vivifiant du Plateau ne faisait pas la différence entre Juifs et Allemands, lui, et redonnait santé et force à tous, sans distinction. Aussi, petit à petit, on vit les rescapés du front russe se remettre de leurs blessures et commencer à se promener dans la région.

La cohabitation avec les gens du Plateau se passait le plus souvent dans l'indifférence. Et le pasteur Perrin en profitait pour rappeler que tous les êtres humains devaient être respectés, qu'ils soient juifs ou allemands.

Pourtant, André, comme beaucoup, avait bien du mal à accepter la présence de ceux qu'il appelait les « sales Boches ». Pour lui, les soldats allemands représentaient une menace permanente pour sa Rebecca, et devoir les croiser de temps en temps lui était inacceptable. À cause d'eux, Simone n'osait plus sortir, et il voyait l'inquiétude assombrir ses yeux chaque jour davantage.

Quand, un matin d'avril, il entendit Léon annoncer au maître que sa « cousine » ne viendrait pas en classe parce qu'elle avait eu des cauchemars toute la nuit, sa décision fut prise. Si personne ici ne voulait bouger, lui n'allait pas rester à attendre les bras croisés. À quinze ans, il était largement en âge d'aller se battre. Il irait rejoindre le maquis, qui, à en croire la rumeur, s'organisait de mieux en mieux.

Par la suite, André se demanda souvent ce qui l'avait poussé à parler de ses projets à Pierrot. S'il n'avait rien dit ce jour-là, nul doute que sa vie aurait pris un cours bien différent. S'était-il confié à lui en souvenir de leur complicité de jadis ? Ou pour lui prouver définitivement qu'il était plus fort que lui ? Ou peut-être tout simplement parce qu'il n'avait personne d'autre à qui parler ?

S'il avait expliqué son plan à Daniel, celui-ci, avec ses positions pacifistes, aurait évidemment cherché à le dissuader. Son père, lui, lui aurait donné une gifle en lui rappelant qu'il devait d'abord passer son certificat d'études, et ensuite l'aider à la ferme. Quant à sa Rebecca, elle restait cloîtrée et il ne parvenait même plus à la voir.

Alors, quand le père l'avait envoyé chercher des babets[1] dans les bois avec Pierrot, il n'avait pas résisté longtemps à la tentation de lui annoncer sa décision.

Cet après-midi-là, le ciel était bleu, le soleil brillait enfin et le fond de l'air était agréablement doux.

Son sac était à moitié plein quand il se décida à parler.

– Bientôt, ce genre de corvée, ce ne sera plus pour moi, lâcha-t-il d'un air crâne.

– Pas la peine de faire le malin, répliqua Pierrot en haussant les épaules, tu feras ce que le père te dira.

1. Pommes de pin.

– Là où je serai, précisa-t-il, il n'y aura plus le père.

Interloqué, son frère releva la tête.

– Qu'est-ce que tu racontes ?

– Je vais rejoindre le maquis.

– Ça va pas bien ? s'écria Pierrot. Qu'est-ce qui te prend ?

– Personne fait rien ici pour se défendre ! Les Allemands se promènent tranquillement et les réfugiés doivent se cacher comme si c'était eux les coupables !

À ces mots, une flamme de colère s'alluma dans les yeux de Pierrot.

– Ça y est, j'ai compris ! Tout ça, c'est encore à cause de cette fille ! T'es vraiment malade ! T'es prêt à aller te faire tuer pour elle ! Et papa ? Et nous ? Et le pasteur ? Tu t'en fiches, hein ! Y'en a que pour… pour… cette sale Juive !

Il avait craché le mot en y mettant toute son amertume, et s'apprêtait à continuer quand un coup de poing en plein visage l'arrêta.

La seconde d'après, André et Pierrot roulèrent sur le sol, se frappant l'un l'autre avec la même hargne. Au début, les coups plurent de part et d'autre sans qu'on puisse les départager. Mais le combat était inégal et, très vite, André prit le dessus. Il maintenait

Pierrot au sol et n'arrêtait pas de lui donner des coups de poing. Soudain, en voyant du sang sur ses mains, il réalisa ce qu'il était en train de faire et s'arrêta net. Basculant sur le côté, il libéra son frère. Pierrot, qui saignait abondamment du nez, se releva aussitôt et recula de quelques pas. S'essuyant dans sa manche, il cria, fou de rage et de douleur :

– Je te déteste ! Si tu savais comme je te déteste !

Puis, faisant volte-face, il disparut dans la forêt.

Assis par terre, André reprit peu à peu son souffle. Lui aussi était furieux, et il se disait que son frère n'avait eu que ce qu'il méritait. Puis, retrouvant son calme, il constata avec horreur que ses vêtements étaient couverts de boue et déchirés par endroits. Pauvre Jeannine ! Elle allait piquer une crise ! Un moment, il envisagea d'aller les rincer dans le Lignon, mais il se rappela qu'avec la fonte des neiges l'eau était glaciale. Le mieux qui lui restait à faire était de rentrer à la ferme en prenant soin d'éviter le père.

En se relevant, il sentit une vive douleur sur le côté droit. Il toucha doucement ses côtes, une à une, et faillit hurler en frôlant la dernière.

– Merde ! marmonna-t-il. Il a dû me la casser !

Laissant là son sac de babets, il se mit en route. Maintenant que l'excitation de la bagarre était retombée, il souffrait à chaque inspiration. Il lui fallut deux fois plus de temps que d'habitude pour rentrer.

Quand il franchit la porte, Jeannine poussa des cris perçants, mais, heureusement, leur père n'était pas là. André prétendit qu'il était tombé et alla se changer. Quand il redescendit, Pierrot n'était toujours pas rentré. André était convaincu que son frère boudait dans un coin, mais alors qu'il allait se servir un verre d'eau, il entendit Jeannine crier, tout affolée :

– Un Allemand ! Il y a un Allemand dans la cour !

Malgré la douleur, André se précipita à la fenêtre avant d'ouvrir la porte à tout volée. Effectivement, un soldat de la Wehrmacht approchait et, dans ses bras, il portait Pierrot.

– *Schnell*, vite ! s'exclama l'Allemand avec un fort accent. Le garçon tomber dans l'eau très froide. La tête, elle taper un rocher. Le garçon rester très longtemps dans l'eau très froide. Très lourd, très long pour venir à la ferme… Il faut le chauffer vite !

Encore dégoulinant d'eau glacée, Pierrot, pâle comme un mort et les lèvres bleues, murmura :

– J'ai froid…

Prenant aussitôt la direction des opérations, Jeannine dégagea la table en même temps qu'elle donnait des ordres à André. Pendant les minutes qui suivirent, ils frottèrent sans s'arrêter les membres de leur frère, qui avait été déshabillé et roulé dans une couverture arrachée au lit le plus proche. Quand, enfin, Pierrot commença à reprendre des couleurs, épuisés, ils s'assirent sur un banc.

– Et l'Allemand ? demanda soudain Jeannine.

– Il a dû partir pendant qu'on s'occupait de Pierrot.

– Quand même, j'aurais pas cru que c'était le genre à nous aider.

– À vrai dire, moi non plus, souffla André, moi non plus…

CHAPITRE XXII

Brûlant de fièvre, Pierrot s'agitait dans son lit. Réveillé pour la dixième fois de la nuit, André constata avec résignation que le jour n'allait pas tarder à se lever. Il vérifia que son frère était bien couvert et se retourna avec un gémissement. À chaque mouvement, la douleur lui transperçait les côtes.

– J' l'ai dit… J' l'ai dit… murmura Pierrot, que la fièvre faisait délirer.

– Calme-toi, grogna André, ça ne sert à rien de s'exciter !

S'asseyant soudain dans le lit, Pierrot hurla :

– J' l'ai dit, je t'avais prévenu que je le dirais.

Puis il se rallongea, roulant la tête de droite à gauche.

André, qui commençait à s'inquiéter, se pencha lentement vers son frère pour ne pas réveiller la douleur de son côté.

– Qu'est-ce que tu as dit ? lui demanda-t-il. Et à qui ?

Pierrot le regardait fixement. Son front perlait de transpiration et ses yeux brillaient de fièvre, mais il paraissait très lucide. Avec effort, il articula :

– J'ai dit pour Simone… J'ai dit au Boche qu'elle était juive et où elle habitait.

– C'est pas vrai, je te crois pas, murmura André.

Refermant les yeux, Pierrot répondit dans un souffle :

– Je voulais qu'elle parte… Je voulais que tout redevienne comme avant…

– C'est pas vrai, hein ? s'exclama cette fois André. T'as pas pu faire ça !

– Je voulais juste que tout redevienne comme avant, répéta Pierrot d'une voix presque inaudible avant de perdre connaissance.

André poussa un cri de rage et eut envie de le frapper de nouveau, mais l'état de santé de son cadet l'en dissuada.

Il bondit hors du lit malgré la douleur qui lui déchirait le thorax, s'habilla en un clin d'œil, dévala l'escalier et frappa à la porte du lit-placard de Jeannine.

– Pierrot va mal ! hurla-t-il.

Puis, sans attendre de réponse, il s'élança dehors.

Il franchit la distance qui le séparait de la ferme des Argaud en un temps record, et frappa à leur porte comme un fou. Le battant s'ouvrit sur la silhouette de Daniel. Grimaçant de douleur, André lui expliqua d'une traite ce qui s'était passé.

– Merde ! s'écria Daniel, qui ne jurait jamais d'habitude. Je n'arrive pas à le croire !

– Pourtant, je suis sûr que c'est vrai, insista André, je l'ai vu dans ses yeux.

– Alors il ne faut plus perdre une seconde, déclara le jeune homme, de nouveau dans son rôle de responsable. Léon va accompagner les réfugiés à la cachette et il faut organiser le passage de Simone en Suisse au plus tôt. Il y a justement un groupe qui part cette nuit, on la fera partir avec… Je m'en charge.

Après un temps de réflexion, il poursuivit :

– Il reste encore un problème… Pierrot a certainement donné le nom de famille de Simone, il lui faut de nouveaux papiers. Est-ce que tu peux t'occuper de prévenir les gars ?

Il avait dû remarquer la mauvaise mine d'André, car il avait posé la question d'un ton dubitatif.

– Aucun souci, affirma André, refusant de montrer sa faiblesse. Dis-moi juste ce qu'il faut faire.

Sans insister, Daniel disparut quelques minutes à l'intérieur. Il revint avec les cartes d'identité et d'alimentation de Simone. En lettres noires dactylographiées, on pouvait lire : « Marchand Simone – nationalité française ».

– Demande à Igor de récupérer les photos, on n'a pas le temps d'en faire d'autres.

André hocha la tête. Il savait où il devait aller, pour avoir déjà porté des messages au faussaire du Plateau.

Oubliant sa souffrance, il parcourut des kilomètres à travers bois pour rejoindre une ferme qui semblait en tout point semblable aux autres. Cependant, contrairement aux apparences, elle abritait une activité essentielle à la Résistance locale. Grâce au talent d'un jeune homme d'à peine vingt ans, on y fabriquait en effet des faux papiers plus vrais que les vrais.

Une femme coiffée de deux tresses enroulées autour de la tête ouvrit à André.

– Il faut que je voie Igor ! s'exclama-t-il sans prendre le temps de dire bonjour.

La fermière ne s'en offusqua pas et répondit :

– Il est déjà au travail dans son atelier.

André repartit aussitôt et contourna le bâtiment. Au deuxième coup frappé sur le battant de bois, une voix s'éleva :

– C'est bon, j'arrive !

L'instant d'après, un jeune homme à l'allure

nonchalante apparut devant André. Ses yeux bleus s'éclairèrent derrière ses lunettes rondes quand il reconnut son visiteur.

– Tiens, salut ! fit-il avec un très léger accent.

Sans tarder, André lui raconta toute l'histoire. La métamorphose de son interlocuteur fut immédiate. Sa nonchalance disparut, remplacée par une vivacité étonnante. Saisissant les deux cartes, il marmonna :

– Sans nouvelles photos, ça va pas être facile.

Mais déjà il s'activait avec précision, les ciseaux à la main, tout en donnant des ordres :

– Il me faut ma machine à ronéotyper et des cartes neuves. La machine à écrire est déjà là. Va chercher les cartes, tout est caché dans la troisième ruche en partant de la droite. Ne te trompe pas, les autres sont pleines d'abeilles. Et elles n'aimeraient pas trop que tu mettes la main chez elles !

– Dans la ruche ? répéta André.

Il apprenait là quelque chose de nouveau.

– Oui, dans la ruche, et dépêche-toi, il n'y a pas de temps à perdre.

Quand, deux heures plus tard, André remit à Daniel une carte d'identité, une carte d'alimentation et un laissez-passer au nom de Françoise Vallat, il arrivait à peine à respirer. Dans un souffle, il murmura péniblement :

– Et Simone ?

Mais il n'entendit pas la réponse de son ami. Terrassé par les émotions, la fatigue et la douleur, il perdit connaissance pour la première fois de sa vie.

Quand il revint à lui, il était allongé sur un banc dans la cuisine des Argaud. Penchés sur lui, Daniel et sa mère le regardaient d'un air inquiet.

– Est-ce que tu vas enfin me dire ce que tu as ? lui demanda son ami en lui passant une compresse humide sur le front.

Sans se faire prier, André lui raconta la bataille avec Pierrot et sa côte cassée.

– Mais pourquoi tu ne l'as pas dit plus tôt, gros malin ? J'aurais envoyé quelqu'un d'autre !

André attendit que Mme Argaud aille mouiller la compresse pour murmurer :

– Tu comprends, c'était à moi de le faire. C'est à cause de moi qu'elle est en danger. C'était à moi de la sauver…

Sans un mot, Daniel lui ébouriffa les cheveux.

– Je veux la voir avant qu'elle ne parte, ajouta-t-il, pâle comme un linge.

– Ce n'est pas possible, répondit Daniel, gentiment

mais fermement. Tu n'es pas en état, et de toute façon, c'est trop dangereux maintenant. Il faut rester discret.

– Mais toi, tu vas la voir…

– Juste pour lui remettre ses papiers. Après, ce n'est plus moi qui m'en occuperai, mais tout est prévu, ne t'en fais pas.

André ferma les yeux un instant. Puis il chuchota, la voix rauque :

– Tu pourrais lui donner un message ?

– Bien sûr.

– Alors dis-lui… dis-lui que je remonterai sur le Lizieux… et que chaque fois que je verrai le soleil se lever… je penserai à elle.

ÉPILOGUE

Oui, il était remonté sur le Lizieux. Chaque année, il avait fait ce pèlerinage. Chaque année, il avait vu le soleil se lever, et si les traits du visage de sa Rebecca s'étaient estompés avec le temps, les sensations, elles, étaient restées intactes. Il ne l'avait plus revue, et n'en avait plus jamais entendu parler. La « machine à sauver » du Chambon-sur-Lignon avait une fois de plus montré son efficacité, mais aussi sa discrétion. Par Daniel, il avait appris qu'elle était arrivée saine et sauve en Suisse, mais les nouvelles s'étaient arrêtées là.

André étira ses jambes ankylosées et regarda le ciel. La matinée avançant, le temps avait fini par se dégager et le soleil n'allait plus tarder à surgir de derrière un nuage. Autour de lui, on commençait à s'agiter. Un discours allait être donné au temple dans l'après-midi, et tout devait être prêt.

Cela l'ennuya un peu, car il n'avait pas fini de faire le tour de ses souvenirs.

Il entendait encore la respiration sifflante de Pierrot quand, pendant des jours, il avait lutté contre la mort. Il se rappelait le soulagement intense qui avait balayé sa colère lorsque, enfin, son frère avait vaincu la pneumonie.

Mais, bien sûr, plus rien n'avait été pareil. Pierrot avait mis des mois à se rétablir, et n'avait jamais vraiment retrouvé sa condition physique. Premier de sa classe, il avait obtenu une bourse et était devenu professeur. Lui qui aimait tant sa Montagne avait finalement passé sa vie à Lyon. Mais André savait qu'il avait été soulagé de partir, parce que même si personne n'en avait reparlé, il ne s'était jamais pardonné à lui-même sa trahison.

Trahison sans lendemain pourtant. Il n'y avait pas eu de descente de police chez les Argaud. Quand le soldat allemand était venu prendre des nouvelles de Pierrot quelques jours plus tard, André avait essayé de savoir ce qui s'était passé. Il n'avait pas dû s'y prendre très délicatement, car le militaire l'avait soudain regardé, bien en face, avant de déclarer :

– Petit jeune homme, être allemand ne veut pas dire être d'accord avec Hitler. Beaucoup de soldats ont été envoyés en punition se battre à Stalingrad parce qu'ils n'étaient pas d'accord avec ce que le Führer est en train de faire.

Sans un mot de plus, il était reparti, et ce jour-là André avait compris que tous les Allemands n'étaient pas des « sales Boches ».

– Pardon, monsieur, il faudrait que vous vous déplaciez. On va avoir besoin de tout l'espace.

André regarda le technicien avec surprise. Sans s'en rendre compte, il s'était de nouveau laissé entraîner par le passé.

– Bien sûr, bien sûr, répondit-t-il en se relevant lentement.

C'en était fini du calme, et il s'éloigna à petits pas de la placette. Le clocher de l'église catholique sonna neuf coups. André sursauta.

– Déjà ! marmonna-t-il. Le temps passe de plus en plus vite !

Dire qu'il était resté deux heures à se perdre dans ses souvenirs, et qu'il allait maintenant être en retard !

Hâtant le pas autant que son genou le lui permettait, il s'engagea dans la petite rue qui menait à la place du Chambon. Encore un peu perdu dans ses pensées, il ne remarqua pas la voiture qui ralentissait à côté de lui.

– Hé, tonton ! Ne marche pas si vite, tu vas encore te faire une entorse au genou !

Reconnaissant avec plaisir le fils d'un de ses neveux, il s'exclama :

– Ah, Philippe ! Où vas-tu donc comme ça ?

– Papa a oublié des papiers, il m'a prêté sa voiture pour que j'aille les chercher ! Il m'attend sous le chapiteau et il y a déjà foule. Mais toi, qu'est-ce que tu fais là ? On pensait que tu serais le premier sur place ! Depuis le temps que tu nous parles de ces Journées Mémoires du Plateau !

– Je me fais vieux, que veux-tu, je ne vois plus le temps passer…

– Allez, monte, je t'emmène, sinon tu vas manquer le début. Il faut que tu voies ça, il y a des gens de partout qui sont venus pour témoigner… Il y a aussi des gros bonnets. Papa dit que le président n'a pas pu venir parce qu'il est à l'étranger, mais il a vu sa fille, Claude Chirac.

À voix très basse, André murmura :

– Bah, c'est pas eux que j'attends…

Philippe, qui ne l'avait pas entendu, continua de s'extasier sur le succès de l'événement, organisé en souvenir des années de guerre pendant lesquelles près de cinq mille réfugiés juifs avaient été cachés au Chambon et dans ses environs.

Après avoir récupéré les papiers de son père,

le jeune homme avait rapidement roulé en direction du champ, où un grand chapiteau était dressé. Tout autour, une foule nombreuse se pressait et parlait en diverses langues.

– Bon, je te laisse, tonton, je dois porter ça à papa, dit Philippe en secouant une liasse de feuilles. À tout à l'heure !

André le regarda partir en souriant. C'était le petit-fils d'Élisabeth, un garçon charmant qui, comme ses cousins et cousines, était toujours prêt à lui rendre service.

Un peu surpris de voir tant de monde, André se demandait vers quelle entrée se diriger, quand son cœur manqua un battement.

– Non, souffla-t-il, ce n'est pas possible…

Il cligna des yeux une fois, deux fois.

– Et pourtant…

Il avança aussi vite que possible dans la foule de plus en plus compacte, son regard fixé sur une chevelure qui ressemblait à de l'or en fusion.

– Tant d'années après, et c'est exactement la même nuance. Ce ne peut pas être un hasard…

S'excusant toutes les deux secondes de bousculer des gens, André gagnait du terrain et n'était plus qu'à quelques mètres des magnifiques cheveux roux.

– Rebecca, murmura-t-il.

Après un dernier effort, il arriva enfin près de la personne.

– Rebecca ! lança-t-il plus fort, tout en se rendant compte qu'il utilisait un prénom connu de lui seul.

À son immense surprise, la personne se retourna, et deux grands yeux noisette le fixèrent avec étonnement. Une jeune femme d'une vingtaine d'années le regardait, un peu déroutée, se demandant certainement ce que lui voulait ce vieil homme.

– *Hi* ![1] s'exclama-t-elle avec un fort accent américain. *May I help you* ?[2]

Sans comprendre ce qu'elle disait, André l'observa intensément, recherchant dans ses traits la Rebecca dont il se souvenait. Bien sûr, il ne trouva rien, si ce n'est les taches de rousseur qui allaient souvent de pair avec cette couleur de cheveux.

Alors que les gens, indifférents, continuaient d'avancer autour d'eux, une déception immense l'envahit. En même temps, il se sentit très bête. Qu'est-ce qui lui était donc passé par la tête ? Si elle était toujours en vie, sa Rebecca aurait maintenant

1. Salut !
2. Puis-je vous aider ?

dans les soixante-quinze ans. Il s'agissait donc plus probablement d'une vieille dame aux cheveux blancs. Et lui, imbécile qu'il était, cherchait la Rebecca de ses quinze ans ! À ce moment, il comprit qu'il avait espéré en vain. Il ne pourrait jamais la reconnaître. Et il ne connaissait même pas son vrai nom !

S'appuyant sur sa canne, il se sentit soudain très vieux et très fatigué. La jeune fille s'aperçut que quelque chose n'allait pas et le prit par le bras. Repérant une chaise vide, elle lui fit signe de s'asseoir.

– *Please don't move, I'll get help* ![1]

Sans trop écouter ce qu'elle disait, André ferma les yeux et sentit le poids des années peser sur ses épaules. Il avait tant attendu ces Journées Mémoires du Plateau que la déception le laissait sans force. Quelque part, c'était l'espoir de toute une vie qui venait de partir en fumée.

André ne s'était jamais marié. Il disait que ce n'était pas facile pour un homme de trouver une femme quand on devait s'occuper d'une ferme. Mais il savait bien qu'il n'avait jamais mis son cœur en recherche. Quand une Rebecca vous prenait dans le nœud coulant de son charme, c'était pour la vie.

---

1. S'il vous plait ne bougez pas, je vais chercher de l'aide !

– Monsieur, monsieur, vous allez bien ?

Cette fois-ci, on lui parlait français, et la voix n'était plus la même. André décela un accent américain, et peut-être un autre... Oui, c'était bien ça, il y avait aussi une trace d'accent allemand. Soulevant lentement les paupières, il vit deux yeux émeraude qui le regardaient.

– *Mein Gott* ![1] s'exclama une vieille dame.

La main sur la bouche, elle fixait André. Ses joues pâles s'étaient enflammées sous le coup de l'émotion, au point qu'on ne voyait presque plus les myriades de taches de rousseur qui les parsemaient. De magnifiques boucles blanches auréolaient son visage, adoucissant les rides que le temps lui avait laissées en héritage.

– André, souffla-t-elle enfin, ces yeux noirs, ce ne peut être que toi.

Lui saisissant les mains, le vieil homme murmura :

– Rebecca, enfin...

Avec un sourire, elle corrigea :

– Non, moi, c'est Ruth...

Elle dégagea une de ses mains, et désigna la jeune femme qui se tenait près d'elle.

– Mais laisse-moi te présenter ma petite-fille, qui,

---

1. Mon Dieu !

elle, s'appelle Rebecca !

Cette dernière, consciente qu'il se passait, entre ces deux personnes âgées, quelque chose qui la dépassait, sourit, puis s'éloigna.

André replongea son regard dans celui de Ruth et oublia le reste du monde. Après tant d'années, elle était enfin revenue.

Un air malicieux éclaira le visage de la vieille dame.

– J'espère que tu vas vite retrouver tes forces, dit-elle, parce que tu as une promesse à tenir…

Comprenant immédiatement de quoi il s'agissait, André répondit avec un sourire d'adolescent :

– Le Lizieux nous attend depuis plus de soixante ans… Il attendra bien encore un peu. Quant à moi, j'ai tout mon temps…

Ruth s'assit à côté de lui en riant doucement.

Sous le chapiteau, les discours venaient de commencer, pourtant, aucun d'eux n'irait les écouter.

Ils avaient tant à se dire…

TABLE DES MATIÈRES

Nathalie Somers

Nathalie Somers n'est pas née sur le Plateau, pourtant, d'aussi loin qu'elle puisse remonter dans son arbre généalogique, tous ses ancêtres ont vu le jour dans l'une des communes avoisinantes du Chambon-sur-Lignon. Son enfance a donc tout naturellement été bercée par les anecdotes de cette région que lui racontaient ses parents. Mais, lors d'une soirée réunissant trois générations, elle a réalisé que ses enfants ne connaissaient presque rien de la jeunesse de leurs grands-parents. Et, comme ils n'en savaient guère plus sur le rôle joué par les communautés du Plateau pendant la Seconde Guerre mondiale, une envie irrésistible d'écrire pour se souvenir s'est alors emparée d'elle. Si l'histoire d'amour est une fiction, tout le reste est basé sur la réalité et sur son histoire personnelle : la famille de son héros, c'est celle de sa mère ou presque. Quant à son père, il s'appelle André !